济南文学大系

当代诗歌卷

总主编 刘玉民
分册主编 杨 健

济南出版社

图书在版编目（C I P）数据

济南文学大系．当代诗歌卷/刘玉民主编；杨健分册主编．—济南：济南出版社，2014.12

ISBN 978-7-5488-1394-1

Ⅰ.①济…　Ⅱ.①刘…　②杨…　Ⅲ.①中国文学—当代文学—作品综合集—济南市　②诗集—中国—当代
Ⅳ.①I218.521　②I227

中国版本图书馆 CIP 数据核字（2014）第 292944 号

济南文学大系

当代诗歌卷

责任编辑　郭　锐
美术编辑　焦萍萍
装帧设计　宋晓明
出版发行　济南出版社
地　　址　山东省济南市二环南路 1 号（250002）
电　　话　0531-86116641　67817923
网　　址　www.jnpub.com
经　　销　各地新华书店
印　　刷　山东省东营市新华印刷厂
版　　次　2015 年 1 月第 1 版
印　　次　2015 年 1 月第 1 次印刷
开　　本　170 毫米×240 毫米　1/16
印　　张　29.25
字　　数　419 千字
定　　价　98.00 元

法律维权　0531-82600329
（济南版图书，如有印装错误，可随时调换）

《济南文学大系》编委会

总 序

张炯

“历下此亭古，济南名士多。”这是清代何绍基在济南大明湖历下亭题写的一副对联。它道出了济南历史文化的久远和辉煌。济南是齐鲁名郡，今日山东的省会，而齐鲁文化则堪称华夏文化的支柱。相传夏商两朝均建于今之河南境内以及安徽西北部、山东西南部、河北和山西的南部。周灭商，封姜太公于齐，封周公于鲁。姜太公运筹帷幄，助周统一天下；周公制礼作乐，为周巩固天下。儒家文化就诞生于鲁国和齐国。孔夫子是鲁国人，当过司寇，于杏坛讲学，有弟子三千，贤人七十二之众。他周游列国，传播儒学。孟子是邹县人，他游说齐宣王，在临淄稷下学宫也讲过学。由此可见当时齐鲁文化之盛。因此，后来齐鲁一直是中华文化的重镇。如果说中华是礼仪之邦，则齐鲁为甚。加上山东半岛兼具渔盐之利，地阜民丰，文风也绵延不绝。孔子的弟子中就有像子游那样擅长文学的。孔子删定六经：《诗》、《书》、《礼》、《乐》、《易》、《春秋》，其中《诗经》和《春秋》尤为我国两千多年来诗歌和叙事文学的源头。我国戏剧源于乐舞，与周代的乐舞有渊源。在齐鲁文化哺育和汇聚下，济南的文学艺术的昌盛，也可谓历史悠久。它虽然带有地域性，影响却往往及于全国。从远古时期的大舜和先秦时期的《诗经》开始，李清照、辛弃疾、张养浩、李开先、李攀龙、边贡、王士祯、蒲松龄等人从济南出发，将自己的作品和影响惠及天下；李白、杜甫、王安石、曾巩、苏轼、苏辙、黄庭坚、元好问、关汉卿、赵孟頫、老舍等人，则在来济南做官或者游览、讲学的同时，将济南纳入笔下，留下了诸多脍炙人口的佳作。新中国建立后的六十五年间，济南作家、济南籍作家和把济南纳入视野的全国各地的作家们，同样创造了令人瞩目的辉煌，在国内外形成了不可小视的影响。由此，济南市编纂的这套囊括几千年文学成就的《济南文学大系》，就不仅仅是济南文化史上的一件大事，对于济南市的文化传承和文学事业的繁荣发展具有重要意义，在促进全国城市的文化传承和文学发展方面，也同样具有重要的积极意义。

这一套“大系”，规制宏广，篇幅浩大。它包括自古至今的济南本地作家的创作、济南籍作家的创作（以写济南的作品为主），以及外地作家写济南的创作，有诗歌、散文、小说和戏剧等多种类型的文学作品。从《诗经》、《左传》选起，包括诸子散文，迄于当今21世纪初叶的各类创作。收罗作家之多、作品之众，都是前所未有的，可谓题材、主题、形式、风格都极其丰富。“大系”总主编刘玉民与他的同仁们，1999年曾编选出版了八卷本的《济南市五十年文学作品选》，2011年又编选出版了两卷本的《济南作家论》，2012年还编选了近二百万字的“美丽泉城文学作品研讨会推荐作品”。通过这些活动，他们对济南的当代文学进行了比较系统的梳理，同时也对济南古代和近现代的文学有了更多的了解和把握。《济南文学大系》就是在这个基础上推出来的，可以说是经过多年的酝酿和准备，具备了充分的把握和条件的。“大系”编委会汇聚了国内和山东省内诸多专家、领导，各分卷主持人也都是具有较高文学素养的当地文艺界的专家，他们怀着一种对历史和济南文学负责的态度，在编选中既照顾到历史上的名家名作，也充分体现了地域文学的特色。因此我相信，这一套“大系”不仅能够为广大读者展示济南文学发展的多姿多彩的历史面貌，进一步提高济南作为历史文化名城的声望，还将会为济南文学史的构建，提供具有一定权威性的文学文本。

鲁迅曾说过，越是地方的就越有世界性。这当然指的是地方性的优秀作品。因为文学的审美总基于作者的创造，基于作者深刻的生活体验和审美发现，基于作者富于地方特色的文学性的追求。美国著名作家福克纳毕生所写的是他自喻为“邮票大”的一个小镇，我国荣获诺贝尔文学奖的作家莫言，他所有的作品也不过是写山东高密地区的乡土生活和扎根于这片土壤的幻想。这足见地方性与世界性是可以统一的。我愿《济南文学大系》将会对丰富我国的文学做出贡献，也会为丰富世界的文学做出贡献。

是为序。

2013 年 11 月 1 日于首都北京

（作者为中国作协名誉副主席、中国当代文学研究会会长）

导 言

济南是历史文化名城，是龙山文化的发祥地。在数千年的漫长历史中，济南的文学，始终与这片土地和土地上的人民同生共命。济南作家、济南籍作家和来自海内外的其他作家们，用自己的奇思妙想和生花之笔，共同造就了济南文学的丰茂与绚丽。可以毫不夸张地说，无论是在创作成就还是在作品影响上，济南文学都是山东文学的主力和中坚，并且在全国乃至海外占有重要而独特的位置。

一

济南的古代文学，可以一直追溯到远古的大舜时期。舜耕历山，“弹五弦之琴，歌《南风》之诗”，《南风歌》和《思亲操》便成了济南文学的发轫之作。出自谭国（今济南市东南）大夫之手的《诗经·小雅·大东》，则记录了先秦时期济南先民们的苦难和忧愤。济南文学的繁荣是在唐宋时期。唐朝时，济南籍作家员半千、崔融曾名重一时，大诗人李白、杜甫在济南分别留下了《陪从祖济南太守泛鹊山湖三首》和《陪李北海宴历下亭》等脍炙人口的佳作。宋熙宁四年（1071 年），唐宋八大家之一的曾巩出任齐州知州，在济南任职期间写下了《齐州二堂记》、《西湖纳凉》等佳作。与此同时，欧阳修、王安石、苏轼、苏辙、黄庭坚等人也先后来到济南，在饱览济南的山水之美后，留下了自己的得意篇什。“海右此亭古，济南名士多”（杜甫）、“最喜晚凉风月好，紫荷香里听泉声”（曾巩）、“济南潇洒似江南”（黄庭坚）等诗句，也由此成了济南人世代相传、吟诵不止的名句。唐宋时期济南文学高峰期的代表人物是李清照、辛弃疾。李清照，号易安居士，济南章丘人，一首《如梦令》，生动地描绘了她少女时代家乡生活的情景。李清照的词，前期多写其悠闲生活，后期多感叹身世，情调感伤，成为词坛婉约派的杰出代表。她的诗则感时咏史，情辞慷慨，一首“生当作人杰，死亦为鬼雄。至今思项羽，不肯过江东”，不知打动了古往今来多少仁人志士。辛弃疾，号稼轩，济南历城人，出生时中原已为金兵所占，二十一岁时参加抗金义军，不久即归南宋，历任湖北、江西、湖南、福建、浙东安抚史。他的词抒写力图恢复国家统一的爱国热情，倾诉壮志难酬的悲愤，对当时执政者的屈辱求和颇多谴责；同时，也有不少歌咏祖国河山的作品。其艺术风格热情洋溢，慷慨悲壮，笔力雄厚，与苏轼并称“苏辛”，开词坛一代豪放派之先河。李清照、辛弃疾以其巨大的成就和影响，烁古耀今，成为济南文学乃至山东和中国文学的标志和荣耀。

李清照、辛弃疾之后，济南古代文坛上仍然呈现出大家迭出、佳作泉涌的景象。济南本土作家中，元代散曲大家张养浩以《山坡羊·潼关怀古》和《普天乐·大明湖泛舟》等为历代人们所称道。清代济南府淄川县秀才蒲松龄，因所著《聊斋志异》“写鬼写妖高人一等，刺贪刺虐入骨三分”（郭沫若语）而名闻天下，受到后世推崇。明清之际，以边贡、李攀龙、王士祯、李开先、田雯、王苹等人为首的“济南诗派”，在文坛上产生了重要影响，为济南赢得了美誉。外籍作家中，金代文学家元好问在《题解飞卿山水卷》和《济南杂诗十首》中，唱出了“羡杀济南山水好，几时正作卷中人”和“日日扁舟藕花里，有心长作济南人”的心声。元代知名书画家赵孟頫描写趵突泉的诗句“云雾润蒸华不注，波涛声震大明湖”，至今被人传诵。于钦、晏璧、王守仁、胡缵宗、吴伟业、顾炎武、孔尚任、爱新觉罗·玄烨、赵执信、高凤翰、郑板桥、爱新觉罗·弘历、董芸、张之洞、何绍基等人，也在游历济南和写景抒怀中，为丰富济南文学做出了贡献。

在济南的古代文学中，戏曲杂剧也占有不可忽视的位置。元代济南籍戏曲作家武汉臣创作的《散家财天赐老生儿杂剧》、《包待制智赚生金阁》，岳伯川创作的《吕洞宾渡铁拐李岳》，元代大戏剧家关汉卿创作的《杜蕊娘智赏金线池》，明代济南籍戏曲作家李开先创作的《新编林冲宝剑记》、《裴淑英断发记》，清代济南籍作家叶承宗创作的《贾阆仙除日祭诗文》、《狗咬吕洞宾杂剧》等，都产生了一定影响。

总括而言，济南的古代文学以其足以让人仰视的丰富性、艺术性和影响力，成为济南历史和文化中最为深刻、永久，也最为鲜活、灵动的一部分，并且已经融入济南的城市血脉和济南人的心灵之中。可以断言，济南古典文学的雨露和阳光，必将在通向更加辉煌的明天的征途上，为济南也为山东和中国浇灌和培育出更多、更鲜丽的生命之花、文明之果。

二

一场鸦片战争，拉开了中国现代史的序幕。济南的现代文学，虽然不及古代文学那般高峰迭起、群星灿烂，却也展现出不少令人赞叹的亮点。如晚清时期刘鹗的小说《老残游记》，对济南“家家泉水，户户垂杨”的湖光山色和人文环境，以及大明湖中的“佛山倒影”、黑妞白妞击鼓说书的场景等，都有精彩生动的描绘。作品在海内外广为流传，为提高济南的知名度和城市形象发挥了重要作用。

自五四新文化运动到中华人民共和国成立这三十年间，活跃在济南文坛的本土作家和常年寓居济南并以济南生活为题材的作家主要有杨振声、王统照、董秋芳、老舍、李长之等，其中尤以王统照和老舍影响最大。王统照在济南六年，写下了小说《沉思》、《春雨之夜》、《湖畔儿语》等，作品体现了鲜明的五四时代精神，发表后产生了重要的社会影响。20 世纪 30 年代，老舍曾两次执教于齐鲁大学，在济南工作生活了四年有余，完成了小说《猫城记》、《离婚》、《大明湖》等。《大明湖》因原稿焚于战火，后浓缩为短篇小说《月牙儿》，受到世人称赏。老舍还写了不少描写济南山水和风情的散文，其中最为知名的如《济南的秋天》、《济南的冬天》、《趵突泉的欣赏》等，不仅成为济南的名片，还被编入中小学课本和多种文学选本，成为公认的散文名篇。

20世纪30年代前后，在济南生活并且创作了不少好作品的作家还有李俊民、李广田、卞之琳等人。李俊民的小说集《跋涉的人们》，受到鲁迅的好评。李广田的散文集《画廊集》、《银狐集》、《雀蓑记》等，成就了他一生的创作高潮。卞之琳的代表作《断章》、《寂寞》、《航海》等，都是在济南完成的。此外，黄炎培、章士钊、周作人、郁达夫、柳亚子、艾芜、蹇先艾等著名作家和学者，也写下诸多描绘济南淳美景致和风土人情的纪游文字。

三

中华人民共和国建立，标志着中国当代史的开始。济南的当代文学可以大体分为“文革”前、“文革”中、新时期三个阶段。“文革”前十七年的济南文学，作品数量较少，但也有几部有较大影响的作品。如王安友的中篇小说《李二嫂改嫁》出版后，先是被改编成吕剧，随之拍成电影，成了“文革”前十七年山东吕剧的代表性剧目。于廷臣、高洁编剧的大型吕剧《逼婚记》，公演和拍成电影后也在省内外产生了较大影响。诗歌方面，最为知名的是高亨的《水调歌头·读毛主席诗词》。作品高屋建瓴，气势磅礴，文辞优美，不仅受到广大读者的喜爱，也得到了毛泽东本人的赞赏。短篇小说方面，韩啸天的《夫妻俩》、李成才的《芙蓉花盛开的地方》、徐志刚的《步枪》也受到了好评。但总体而言，“文革”前十七年的济南文学，是处在作品不多、水平不高的阶段。

由于众所周知的原因，“文革”期间的济南文学基本上处于荒芜状态。除部分跟风的、口号式的作品，难能找出一部真正有价值的优秀之作。

“文革”结束，宣告改革开放新时期的到来。同全省全国各条战线一样，改革开放的春风给济南文坛带来了勃勃生机，济南文学呈现出日益丰富、日益提升、日益繁荣的局面。诗歌方面，新诗如雨后春笋，新人佳作不断涌现。塞风的黄河诗，以其粗犷和悲怆打动人心。孔孚的山水诗，则以清新、凝练和空灵受到赞赏。山青、苗得雨、桑恒昌、路也等也唱出了各自的心声。在古体诗词创作中，郭沫若、贺敬之等大家均有描写济南的佳作。徐北文的《济南竹枝词》开风气之先。王砚耕、王寿春、李子超、耿建华、李文朝等人也推出了不少好作品。新时期济南的散文创作成绩斐然。梁衡的《乱世中的美神》、《把栏杆拍遍》，写出了李清照、辛弃疾的风采。刘玉民的《泉涌如诗》入选柯岩等主编的《中国当代散文选》，《泉城柳》入选多地中考语文模拟试卷。徐北文、任远、侯林、简墨等也各有建树。小说方面，新时期推出的第一部长篇小说是未艾的《异国飘零记》，此后佳作不断、高潮迭起。冯德英的《山菊花》被拍成电影，反响热烈。刘玉民的《骚动之秋》获茅盾文学奖，并被改编成多种艺术形式。张海迪的《绝顶》获中宣部“五个一工程”奖。济南出生的法兰西院士程抱一的《天一言》，获法国费米娜文学奖。张悦然以《樱桃之远》等，成为“80 后”作家的代表性人物。郭震、王欣、刘玉栋的作品也产生了积极影响。报告文学方面，李延国的《废墟上站起来的年轻人》、郭慎娟的《知识的罪与罚》，获全国优秀报告文学奖。戏剧文学方面，陈永涓、田牛、杨琨、高力耕的儿童剧《小白龟》获中宣部“五个一工程”奖、文化部“文华新剧目”奖。陈永涓、田牛、乃赘、在呈的儿童剧《宝贝儿》获中宣部“五个一工程”奖和文化部“文华新剧目”奖，并入选 2005—2006 年度国家舞台艺术精品工程十大精品剧目。影视文学方面，杨剑鸣、殷习华等人的《警方 110》获中国电视金鹰奖。张继的《乡村爱情》系列在中央电视台黄金时段连年播出。尹艺茂的《天下泉城》为提升济南的城市形象做出了贡献。文学评论方面，新时期也有丰硕成果，济南评论家和外地评论家所写的推介济南作家和作品的文章，为扩大济南文学的影响起到了重要作用。作家出版社 2011 年 12 月版的《济南作家论》中有详细记载，此处不再赘述。如此等等，济南新时期的文学真可谓色彩斑斓、美不胜收。

编选《济南文学大系》，回望数千年济南文学走过的历程，我们深感济南的文脉是如此悠远绵长，济南的文学积淀是如此丰盈厚重。这种文脉和文学积淀，如同济南地下奔腾恣肆的激流一样无可阻挡，是注定要喷发出不可尽数和比拟的泉的花朵和歌唱来的。由此我们想到了明天。我们有足够的理由相信济南文学的明天，注定是霞光满天、芳草遍地、花香四溢，呈现出无愧于古人和今人的辉煌。这是我们的期待，也是我们的祝愿。

目　录

上　编

下 编

上　编

山　青

山　青（1931—1987），本名孔庆珊，山东济南人。曾任济南市文联创作室主任、济南市作协主席。著有《山青诗文选集》。诗歌《我的期待》获1982年山东省优秀文学作品奖、济南市优秀文艺创作一等奖。

我爱这些简陋的小屋

虽然它的窗口上没有镶嵌闪光的玻璃
虽然它只有这样低矮的檐头

我爱那被夕阳的光
染得更红的红色屋顶
我爱那些喜欢嬉闹的建筑工人收工归来
拍打着身上的尘土跨进它的门户
我爱它狭窄的窗口透出的灯光
我更爱从那窗洞中飞出的笑声如此爽朗
雾还没有消散的时候
它们的主人已经到了工地上
于是这些小屋就变得这样寂静

只剩下阳光和清风抚摸着门窗

也许有人不喜欢这些小屋
可是我爱它们
因为我知道，只要它们
即使在最荒凉的地方一旦出现
就会从它们的身边
总那么迅速地迅速地
生长出
一座座辉煌的高楼和
一座座高大的工厂

（原载于《人民文学》1955 年第 4 期）

车窗外

车窗外闪过永不重复的画面，
碧绿的树，远近的山，村上炊烟……
谁要是穿过这一条万里画廊，
谁就会对我们的祖国终生爱恋！

（原载于 1961 年 12 月 28 日《人民日报》）

山　青

邂　逅

相敬如宾，相亲如友，
谈草原上的建设，谈江南的丰收；
一夜不眠，黎明分手，
道一声再见，不知在什么时候……

我们常常有这样的邂逅，
我们常常记得很久。
为什么我们能一见如故？
因为我们走的是同一条道路……

趵突泉

哗哗、哗哗、哗哗，
三姐妹说什么知心话？

问她、问她、问她，
任你千呼万唤全不回答！

姐妹不回答，并行历山下，
嫁的是乡土，育的是禾稼……

珍珠泉

水底下埋藏着多少斛珍珠？
日日夜夜从水面上跃出。

珍珠珍珠你飞进何处？
眨眼间在那轻波上隐没……

莫不是你不愿到百宝箱中常住，
愿化作滋养禾苗的甘露？

久久地久久地凭栏注目，
一颗心渐渐被泉水浸透……

金线泉

何人遗落在水面上一根金线？
浮来浮去总也不断。

八百年前一位诗人洒泪走江南，
这根线曾紧紧地把她的心牵连。
游人啊，如果你想访诗人话当年，
不难，她回来了，还住在金线泉边。

山 青

献给几支再生的歌

当他们的风刮来了一片荒漠，
你们就变成地下的小河；
只有像贴近胸膛一样贴近大地的人，
才能听见你们还在汩汩地流着……
啊，我的受压抑的歌，
啊，我的受迫害的歌！

当他们的夜封锁了城镇村落，
你们就变成地下的灯火；
只有像采撷矿石一样采撷希望的人，
才能知道你们仍在温暖地生活……
啊，我的被通缉的歌，
啊，我的被追捕的歌！

而今，大地上刚刚冰雪融化，
你们就马上织绣满目春色——
以千丝万缕的金线，旖旎潋滟的水波，
也以满篮满篮闪跳露珠的花朵……
啊，将我们的深情寄托，
啊，将我们的深情寄托！

忆及那些愤懑的日子，
我又想起那古老的传说——
你们多么像枯枝的牡丹怒吐花蕾，

多么像不死的凤凰蹈舞于火！
啊，我的再生的歌，
啊，我的再生的歌！

我的期待

如果没有患难与共
我哪会了解我的期待
又怎能知道她的爱抚
能拭去我心头重重阴霾
如果不是她坚贞不渝
难保我当初不将影子出卖
如果没有她日夜厮守
可能我早化作一团雾霭……
也许在这个世界上只有光
才能比拟她火炽的爱
那曾是黎明的一缕晨光
唤我从噩梦中醒来
那曾是黄昏的一抹霞光
抚摸我“牛棚”的窗台
那也曾是彻夜的一线灯光
帮我洗涤伤口边的血块
那也曾是子夜的一束月光
揩干我泪浸的脸腮
还曾是雨夜的一道火光
烘干我漏湿的铺盖……

山　青

我的患难与共的期待
我的坚贞不渝的期待
谁有她对我一往情深呢
谁又有她对我情深似海
是她一次次搀着我前行
又一次次扶我起来
带我穿过皮带的骤雨
陪我游过血染的长街
也是她一回回缝补我被撕破的心灵啊
又一回回修复我意志的堡寨
同我挣脱带菌的恶口
共我爬上示众的高台……
也许世界上只有诗
才能概括她那时的谆谆告诫——
今天不过像冰一样凝结
而明天会像花一样重开

我的患难与共的期待啊
我的坚贞不渝的期待
谁像她给我焦渴的心
以最勤奋的灌溉
谁又像她给我的生命之树
以最热切的关怀
也许在这个世界上只有氧
才能比拟我的期待
让我在令人窒息的冰封雪谷
还能滚动滚热的血脉……

我的期待啊
我的患难与共的期待
我的期待啊
我的信守诺言的期待
她终于让我穿过千里空间
看见历史跨过正义路一号①的台阶

于是我们怀着狂喜
双双扑进这位老人的胸怀
仿佛沸腾的血液奔向心脏
而后，再负着崭新的使命离开

寻找翅膀的诗

哪怕脊梁上负着一匹铜骏
我也羡慕那副古老的金翼
能够在山川和苍穹之间
添一串“+”号该有多么惬意
谁会相信炫耀羽毛的流星
可以留下千古不灭的轨迹
不要说撩开云雾的候鸟
总是从容不迫地奔赴目的
甚至蒲公英朴素的种子

① 北京正义路一号曾设有审判“林彪反革命集团”、“四人帮”反革命集团的法庭。

都对我产生巨大的魅力
但愿到处也有我着床的热土
去那儿抽芽、萌蘖、结实……

愿山民能将我托付回声
像雷一样驱逐荒凉与沉寂
愿渔民能把我呈给海浪
像网一样捕获丰盛和希冀
最好是孩子们将我关进心房
每天为他们召唤金色晨曦
最好是姑娘们把我经常采撷
每次给她们提供爱的启迪
期待者啊，请相信我的许诺
冷漠者啊，请释除你的怀疑
尽管我为丢失了翅膀郁悒而焦灼
但定能在生身的大地上将它寻觅……

（原载于《山青诗文选集》，济南出版社 1996 年出版）

任　远

任　远（1928. 12—2001. 11），祖籍山东章丘。著有散文、诗歌、报告文学、文学评论等专集多种，2011年出版《任远文集》（三卷）。中国作家协会会员、中国民间文艺家协会会员。曾任山东省作家协会理事、山东省民间文艺家协会副主席、山东省散文学会副会长、济南市文联副主席、《当代小说》月刊主编等。作品曾荣获齐鲁文学奖。

植树者的梦

一

渐渐地，群山只剩下深黑色的轮廓，
啊，三星西斜，已是深夜。
在山沟里的帐篷中，
住着辛勤的植树者。
灯下，小结完一天的工作，
他们还打了几把扑克。

一个年轻的植树者，
身子夹在伙伴们中间，
开始他还诅咒睡得太挤，
不大一会儿却已睡着，

脑子里消失了那抡镐头的拍节。

二

他一边漫步一边赞扬：
我到了一个多么优美的地方，
远看那周围的山上，
处处是森林的海洋，
微风吹动，宛如碧波荡漾。
近看山坡，果树织成彩霞，
浓郁的香气飘满整个山冈。
山峪的小路旁，溪水像白练，
唱着赞美的歌儿往前淌，
去灌溉蔬菜、苗圃和高粱。

他心头激动，禁不住又赞扬：
这是一个多么优美的地方！
这儿，我好像还从来都没到过，
这可是大连的苹果园，
还是我到了烟台的葡萄山上？

他正兴奋地暗自猜想，
果树园传来了笑声和歌唱。
啊，迎面走来一群美丽的姑娘，
有的请他吃苹果，有的嬉笑歌唱，
说笑声使他离开了梦乡。

三

星儿悄悄地隐退，
朝霞环抱了东山。
黎明的清风吹进帐篷，
唤醒植树者睁开蒙眬的睡眼，
寂静的山谷又变成欢腾的海湾。
他们背着树苗，扛着镢锨，
沐浴着初春的清风攀登高山，
犹如猿猴在三峡的峭壁上，
扳着巨石，抓着青藤往上攀，
看啊，多么矫健，多么勇敢！

等爬上那平坦的山顶，
他再也稳不住自己激动的心弦，
放缓步子告诉伙伴他做了一个梦，
不，他不是诉说梦境，
是描述这荒山秃岭的明天！

（原载于1958年3月15日《济南日报》）

任 远

泰山抒怀

问两界

黑龙潭边，
画有一条阴阳界；
南天门外，
标明一条天地界；
难道给人间的，
仅是这中间的一块？
可自从人猿揖别，
人，一直在探索新境界。

泰山挑夫

迈一步，似钉钉，
两肩膀，铁打成。
肩上担子，如翼似弓，
奋力地射出，隐隐地扇动。
洒下汗珠，落地有声，
石阶上留下点点凹坑。
给怯懦者以攀登的力量，
给脆弱者以坚持的韧性。
莫说这运输过分原始，
我脚踏实地的民族啊，

步步艰辛，勇于负重，
正行进于历史的征程。

大　海

我是黄河的儿子，
来到日思夜盼的大海。
大海万里波涛，沸腾澎湃，
欢迎我这血缘很近的亲戚，
一片情深来探海。

大海敬我一捧咸咸的海水，
我毫不迟疑地一饮而尽，
不觉苦涩，反而一股甜味润胸怀，
因为啊，我对这亲戚般的大海，
心中久已充满深沉的爱！

长弓岭抒情

东北的山无不郁郁葱葱，
长弓岭，为啥不见吹绿风？
我拾一块冷冷的褐色山石，
噢，怎么这般坠手，还闪着星星。
登高看山，更像努尔哈赤的弯弓，

横卧大地，谁能拉满、拉动？
抬头见有一百五十个厂矿的钢都啊，
正笼罩于茫茫烟囱的森林之中。
透过千度炉火与如山的钢锭，
长弓岭的矿石正热烈抒情，
如箭离弦，车隆隆，日东升，
坚毅、执着、跃动、火红……

黄山人字瀑

我们两人，
一见钟情。
我伫立桥头，
它紧贴陡峭的山崖。

我于惊讶、感佩中沉思，
难以平息激情的波涛；
它伸出两条有力的长臂，
要将我亲切拥抱。

我们一见如故，
因为我俩都系黄氏子孙；
它诞生在黄山中，
我生长在黄河之滨。

（选自《任远文集》，济南出版社 2011 年 8 月出版）

严　阵

严　阵（1930.12.6—　），原名阎桂青，山东莱阳人。曾任《安徽文艺》编辑、主编，中国散文诗学会副会长，《诗歌报》总编辑。出版诗集《淮河上的姑娘》等二十余部，长篇小说两部，散文集一部，中篇小说集一部。其中长篇小说《荒漠奇踪》获全国优秀少年儿童读物奖、中国作协全国儿童文学奖。

济　南

历下古城，你经历过几度秋光？
我来时又值枫叶半丹，老圃花黄，
你在我梦境里如泉水般交织的影子，
此刻，顿时化作一片朝晖的光芒！

在黎明依稀的灯火下，我久久注视着你，
喜悦的泪水，禁不住湿润了眼眶，
七十二名泉都涌动着亲切的乡音啊，
每一株垂柳的枝条，都散发着故土的芬芳！

哦，你好！故乡的城，我四年的地方，
我的目光所到之处，都使我心驰神往。
你在我面前闪起一片耀眼的光彩啊，
我看到你的生活之花，正在每个窗口开放！

济南，你这诞生过李清照和辛弃疾的城市，
告诉我，应该怎样才配把你歌唱？
但愿我的心，是你的七十三道泉水，
为你，为祖国，永远喷吐着清澈的诗行……

大明湖

我来大明湖，恰逢金色落照一片，
静静的大丽花，开放得犹如三春的牡丹，
石板铺成的小径上，游人已经渐渐稀少，
只有明净如镜的湖光，映出一片蔚蓝。

微微的碧波啊，你正在把谁呼唤？
知我者，请为我涤净风尘仆仆的双肩。
大明湖，你那四面荷花，曾迎来多少亲人？
我少年时的影子，还珍藏在你的波浪中间。

依依的垂柳啊，你正在把谁挂牵？
爱我者，请为我展开光辉灿烂的画卷。
大明湖，你那三面柳色，又送走多少战士？
我少年时期的足迹，还留在你芦花深处的湖畔。

我来大明湖，恰逢金色的夕照一片，
美丽的画舫，也已经系上岸边的绳缆。
家乡的湖啊，我并非一个普通的游人来此漫步，
而是把你当成慈母手中的镜子，把自己检点……

（原载于《济南文艺》1979 年第 1 期）

宋协周

宋协周（1927.8— ），山东莱阳人，世界华文诗人协会会员，中华诗词学会理事，山东诗词学会副会长，山东华夏文化促进会副会长，山东省作家协会第二、三、四届理事及第三届副主席，山东省文联第二、三届委员。著有诗集《东风集》、《声情集》、《万里情韵》，散文集《散步散心集》等。

纵吟大明湖

一千二百多年以前，这里接待过“诗圣”杜甫，
他观罢景，喝罢酒，大笔挥洒，留下了
千古难磨的诗句：
“海右此亭古”——历下亭的亭台飞金流彩，
“济南名士多”——显然是对东道主的赞誉。
其实，那时的大明湖不过是池水一湾，
丛生的不是夏荷，竞胜的仅是秋蒲……
不过，天下的事物没有绝对的静止、停顿，
大明湖也随着时间的推移而缓缓地迈着脚步……

七十多年以前，马褂长袍的刘铁云来这里寻古，
他极尽描绘之能事，可以说不一而足，
《老残游记》以此轰动了千万读者，
古城济南赚了个“雅而不俗”：
“千万户垂杨拂地”——四面荷花三面柳，

“几十里山水屏藩”——一城山色半城湖。
当时的大明湖确实大为改观，
可惜，只有冒险家敢和这里的“文明棍”为伍……
“逝者如斯夫”的大明湖，只是耳闻未曾目睹，
今天的大明湖，一切的一切都历历在目……
“杨柳春风万方极乐”——郭老沫若新潮突，
“芙蕖秋月一片大湖”——前因后果今日熟。
漱玉泉派来的不显示其“文静典雅”，
珍珠泉派来的不显示其“真彩珠玉”，
黑虎泉派来的不显示其“龙腾虎跃”，
趵突泉派来的不显示其“喷雷藏古”……
大家抱在一起，不分彼此，
你中有我，我中有你，盈盈明湖，宽心舒目……

“历山山下古帝遗踪”，只不过留给后人笑评阔述，
“明湖湖边美人绝调”，早已败落得不堪入目。
今日的大明湖，坦坦荡荡，一扫沉渣败滓，
朴朴素素，大大方方，恰似一位荆钗布裙的村姑——
红的火红，千佛山的丹枫搬来一些落户，
黄的娇黄，金牛山的连翘移来一些入族，
绿的翠绿，湖畔祖柳亲切地把来者吻抚……
大明湖形成一个“不拘一格降人才”的和谐集体，
因而才有今天的万紫千红，莺歌燕舞……

（原载于1979年6月10日《大众日报》）

鲁　藜

鲁　藜（1914—1999），原名许图地，福建同安人。1936年参加左联，同年加入中国共产党，1938年入延安抗大学习。曾任晋察冀军区民运干事、战地记者。新中国成立后，历任天津市文学工作者协会主席，中国作协第四届理事、天津分会主席，中国作协第四届理事、天津分会副主席。著有诗集《醒来的时候》、《时间的歌》、《天青集》、《山》、《鲁藜诗选》。

在柳丝轻拂的泉边

——寄诗友

谢谢你欢迎我
不是以美酒
不是以美辞
而是以山东人的
豪爽的、滂沱的泪雨

在你的泪光里闪烁
世界上一切王冠都暗淡了
在你的豪爽声音里
世界上一切美丽的词藻都失色了

啊，百镒黄金
不值一片赤诚

鲁　藜

千言万语
不如一音来自肺腑

在我们民族思想之父孔子的土地上
在我们祖国巍峨的泰山脚下
在清澈如玉的李易安诗歌的故乡
当我们生平第一次相逢的时候
当我们默默相对、紧紧相握的时候
我好像置身于春秋的齐鲁
仿佛听见吹来千古高亢的悲风

啊，诗人
永远是时代的尖兵
命运的宠儿
掠夺者是以他人的血泪
铸造灿烂的金币
而诗人却以自己的血泪
铸造辉煌的诗章

在这自古诗人荟萃的泉边
让我们的诗歌像地下涌动的清流
流进幽静的密林繁花之中
流进欢乐的大街小巷里
带着我们对祖国、对人民
永恒赤子般的爱情

（原载于《泉城》1981 年第 8 期）

孙友田

孙友田（1937. 12—　），安徽省萧县人，历任江苏省文化局创作员，《雨花》杂志诗歌组组长，《扬子江》诗刊主编。江苏省作家协会专业作家，文学创作一级。江苏省作家协会第一、二、三、四、五届理事。江苏省作协诗歌工作委员会主任，享受国务院政府特殊津贴。

泉　城

黄河没有干涸，
泉水就不会枯竭，
生活没有停顿，
诗歌就不会泯灭。

一位词人的纪念堂，
在趵突泉边闪烁，
诗与泉溶在一起，
并不是偶然的巧合。

有的泉眼一直不舍昼夜，
向人民吐着毕生的心血，
滋润嫩绿的苗圃，
浇开满城的花朵。

孙友田

有的泉眼虽然暂时沉默，
那是在进行苦苦的思索，
那是在积极地汇聚，
那是在准备突破……
一股股清清的泉水，
活在诗人的心窝，
化作蒸汽，吹响汽笛，
配合药皂，洗去污浊。

在济南，我看到了喷涌，
我看到了磅礴，
泉水之城流动着诗的银波……

（原载于《泉城》1982 年第 4 期）

闫建中

闫建中（1953.12— ），生于济南，山东省作家协会会员，现任《收藏人》杂志副主编。在《诗刊》、《萌芽》、《山东文学》等刊物上发表诗歌、散文作品百余首（篇）。

希望，从这里延伸
——写在炼油厂装油台前

喷吐，永不疲惫地喷吐
沿着鹤形的管嘴
注进罐车内的
是一条油的长河
一支快乐的歌，一串串
发自肺腑的舒心的笑声
一个民族的自豪和欣慰

希望从这里延伸

火车头豪爽的歌唱
传递着力的牵引
车轮的齐声伴奏
跳荡着欢快的旋律
沿着闪亮的钢轨
满载的油龙在隆隆行进

闫建中

希望从这里延伸

向洋油和洋蜡告别
向昨天和耻辱告别
向贫穷和饥饿告别
我们健康、愉快、幸福地
踏上这条富足的大路
我们走向大工业崛起的工厂
走向变速箱，走向飞旋的马达
走向升起国旗的滑轮
走向每辆中国的坐骑里
滚动的轴承
走向每台国产的缝纫机
连缀生活的梭芯
让运转的自如运转
让加速的飞快加速
让衰老的变得年轻
让脆弱的变得坚韧
让阻滞的变得畅通
让痴呆的变得聪慧

希望从这里延伸

喷吐，日夜地喷吐
沿着鹤形的管嘴
注进祖国肌体内的
是丰富的血浆

是光和热的泉源
是执着的追求和潜能
是透明的生机和信念
是古老历史焕发的
青春的活力
是奔涌的春潮荡起的
绿色的信息
沿着闪亮的钢轨
时代的车轮在旋转
金色的油龙在舞蹈
祖国的凤凰在腾飞

希望从这里延伸

（原载于《诗刊》1982年第4期）

山 羊

它静卧在岩石上
孤独而又安详
风，搅动着
浑身的毛须
而两只弧形的犄角
却像两个山峰
翘立着
一动不动

它是不会离开这山的
生在山里，长在山里
它还有许多的孩子
然而，这不是主要的
山给了它
山岩的骨骼，山野的胸怀
山路的性格，山峰的胆量
它是山石上耸起的
又一个山的形象。

（原载于《山东文学》1983年第2期）

朋友，你还记得那只鹰吗

朋友，还记得那只鹰吗
那只褐色的在空中
做着健美的飞行动作的鹰
那只盘旋在群山峡谷间
雷电也击不断翅膀的鹰
我的兄弟就在那里
他的帐篷扎进了大山的石缝

山里的野玫瑰已开放了三次
他手中的小红旗仍在山顶上飘动
撼天的爆破雕刻着石壁
踏着碎石的落英

他疾步穿行
突然，他被击倒了
倒在洒满玫瑰花瓣的血泊之中

当他苏醒的时候，已是黎明
雪白的病房里异常寂静
异常的感觉使他触摸到异常的痛苦
一条小腿已不再属于自己所有
窗外，碧蓝色的天空
失去了那只翱翔的鹰

山里的野玫瑰第四次绽放
他跛着腿来到这山野峻岭
他找不到那只思念的鹰了
列车在盘山铁路上奔驰
驮走了鹰的翅膀和山谷的空幽

随着筑路大军他又开始跋涉
在火车不能到达的地方扎营
为了追寻梦寐的渴望
他向大山倾注了所有的感情

朋友，你还记得那只鹰吗
那只眷恋着山野的鹰
我兄弟的一颗心
就在它翅膀上跳动

（原载于《萌芽》1984 年第 4 期）

雷　霆

雷　霆（1937—　），山东济南人。历任中国电影出版社见习编辑、助理编辑、编辑，《诗刊》编辑、副编审。中国诗歌学会理事。著有诗集《沉船》、《沉积层》、《沉思与放歌》等。

历下星光（组诗）

谨以这组小诗献给1948年迎接了解放的济南人民。

校　园

炉火烧得很旺，
凑钱买来的花生，
剥得噼啪响。
教室里排练着一出戏，
准备新春同乐会的表演，
空旷的校园落满了雪，
却也有一角春光，
是谁，
轻轻地哼起一支曲子，
像滚起了雪珠，
敢于犯法的欢乐，

伴随着抑制不住的期望。
又是谁,
止住了这股激流直下的溪水,
而寂静中,
回荡着余音:
“山那边呦好地方……”

城外的麦田

真想穿行城外的麦田,
朝着那边,朝着那边。
也许要走很多的路,
也许转过土丘就会遇到一个民兵,
一手拿枪,一手拿镰。
真想放开喉咙叫一声“同志”,
放声地笑,放声地喊,
麦收时节的风啊,
那么香甜,那么香甜……

黄　昏

透明的护城河水,
几只白鹅迷恋着自己的倒影,
黄昏真美——
当你心中有一个黎明。

雷　霆

琴　声

皎洁的月，
黑蒙蒙的城。
断断续续的钢琴曲，
留住了石板路上的脚步声。
琴弦美妙的音色，
是勾人魂魄的精灵。

小提琴已经变卖了，
为了换取人世的公平。
既无意羡慕，
也无须嫉妒，
会有那么一天，
音乐之神的殿堂，
将为才华敞开大门，
今晚听琴人，
将把一曲《月光》，
洒遍泉城。

（原载于《柳泉》1983 年第 2 期）

赵远智

赵远智（1955— ），生于济南，历任济南电视台文艺部编辑、电视剧部主任。在省内外报刊上发表过诗歌、小说、报告文学、散文等。创作的电视剧《小站》、《起飞》、《有愧无悔》、《夏日星光》等获山东省文艺精品工程奖、中纪委监察部“卫士杯”长篇电视剧一等奖、中国电视剧飞天奖二等奖、中国电视金鹰奖二等奖。

春天，有一阵雷声

一

雪下着。或许
旷野的路都已封闭
生活，像触不到针头的唱片
空转着，没一声旋律

早上，雷声从山那边来
心，等候春天的来临
眼光，凝固在天上
迎候候鸟那如约的归期

二

一个夏天
匆匆告别了青春期
你的给予，每个秋天
我们都会加倍偿还

当你顶着雪花
和我痛苦地远离
我会跨过回归线
扑进你炽热的心里

三

我的眼
因你的呼唤
一片葱绿
你来了
在秋天
背对斜阳分手的地方
绿色的脚步，阻隔了我
惆怅沉重的叹息
我交出一个冬天，留下
没有结尾的童话
无论凛冽的风雪
怎样遮掩你的足迹
我的心，也会

在每个黎明，和你相遇……

（原载于《泉城文艺》1983年5月号）

纪念碑前的小路

当年，他们说
还回来的……

于是，那破落的大门
再没有闩紧
河边的捣衣声
断断续续
响了很久
焦虑的目光
像纷飞的秋叶
一层层
覆盖了那条小路

儿子做了父亲
妻子的背也已弯曲
他们仍没有回来……

后来，人们才知道
在通向山岗的小路尽头
脚手架和花岗石

赵远智

慢慢讲起
一个个悲壮的故事

春天，路上的青草
不再生长
沉重的脚步
把松软的路面夯成地基
哀乐的寒潮
轻轻滚过
萌绿的枝头
常春藤悄悄攀上
灵堂的屋脊
就这样，阳光缓缓地
把纪念碑的影子
移到人们抽搐的肩头
于是，历史在这里
不再是——
一场祭奠
一双泪眼
一阵忧伤的啜泣

（原载于《黄河诗报》1986 年第 2 期）

夏日的绽放

雷声还在路上
流火的季节
期约浸染，
宁静的心湖蔚然荡开

尘嚣远去
峥嵘交织起迷蒙的雾霭
只为这，久违的
风生水起　人还等待

绿潭花影
盛装着凝注的世界
远处的镜头
还原定格着你卓立的情怀

回眸和眺望
一样精彩
画里画外，是一样
期许心动的未来

（原载于《齐鲁新视听》2012 年总第 24 期）

王韶钟

王韶钟（1947.3—　），本名王绍忠，章丘市相公庄七村人。曾任章丘市作协主席、文联副主席。著有诗集《豆花雨》、《牡蛎集》、《春雷集》、《凌风集》、《得月集》、《洪钟集》、《赤子情思》、《绣江情》、《行吟集》、《王韶钟诗歌选》等。

打工妹

似离巢的乳燕
飞出山旮旯的羁绊
喊一声土味的再见
像寒冬的启明星
渴望朝阳的羁绊
匆匆地亮翅
飞出遥远的地平线

当年，父辈进村插队
知青林已碧荫擎天
而今，你又去寻根
接受打工潮的洗礼
你闪光的足迹
像一条晶莹的银链
紧紧串联起
遥远的城镇

开放的大山

（原载于《星星》诗刊 1984 年 4 月刊）

菜 棚

银膜锁住了
透明闪光的阳春
绿汪汪的三月
在菜园地里扎根

乡村的种菜迷
田头和豆荚拉呱
地尾跟瓜妞谈心
憋不住满腔热望
用热腾腾的汗珠儿
增加菜畦的体温

请来科技为师
播种勤劳和责任
真诚感动了菜地
慷慨地敞开致富之门
丰收就跟嫩韭似的
一茬紧接一茬
长出的净是现金

（原载于《山东文学》1986 年第 9 期）

王韶钟

昆明石林

神妙　拱出山梁
耸立昂奋的形象
活像茂密的蔗田　满目
拥挤挺拔　茁壮

这儿春意太浓
山石也苞芽膨胀
四十五万亩　原古生机
密匝匝　蓬勃向上

石头也爆发活力
诗心也应该这样
催发灵感吐翠　憋足劲
尾追春光不放

（原载于 1987 年 10 月 29 日《大众日报》）

孔　孚

孔　孚（1925. 4—1997），原名孔令桓，字笑白，山东曲阜人。曾任《大众日报》文艺编辑，山东师范大学中文系副教授、教授。1950 年开始发表作品。1986 年加入中国作家协会。著有诗集《山水清音》、《孔孚山水诗选》，诗论集《远龙之扪》等。《山水清音》获山东省首届泰山文艺创作奖一等奖，《孔孚山水·峨眉卷》获 1991 年山东省优秀图书奖一等奖、1991 年全国计划单列市出版社优秀图书一等奖。

春日远眺佛慧山

佛头
青了。

一颅的智慧，
生出芽儿了吧？

泉　边

俯身做牛枕。

一张口，
就吐出珠子来了……

孔　孚

过藏龙涧

藏龙涧，在济南东南的龙洞。传说涧中原有一条龙，遭大禹王屠戮。龙是降雨戏水的，因而是洪水的发动者，这逻辑大可值得怀疑。我为这冤魂一辩。

云在深谷里卷曲，
风痛苦地翻腾。
岩松生生吟啸，
游丝荡一条青虫，
我就知道你没有死，
耳边传来雷声隆隆……

（原载于《泉城》1984 年第 6 期）

大明湖畔

一

竖一个绿耳，
听白雨跳珠。

二

蜻蜓立于圆，
蜂醉于蕊。

三

映红天地，
济南开了①！

（原载于《当代小说·诗与散文》1986 年第 12 期）

登天都峰，值大雷雨

什么也看不见，
大宇宙被雨占领！

抓紧天都栏杆，
免得被风吹走。

俯视雷电，
有婴儿啼哭……

① 济南开了：即荷花开了，因荷花乃济南市花也。

无字碑[1]前小立

我还是看到了太阳的手迹，
还有风的刀痕。

爬一条青虫，
在读……

云门山即景

一

悬崖上的佛们，
个个眼噙泪水。

二

一尊佛在洗脚，
一尊佛像怀了孕。

① 无字碑：在泰山岱顶。过去认为是秦始皇所立，非也。顾炎武断定为汉武帝立，可信。

三

蝶飞不起，
蚁被缠住了腿。

四

流光有些湿，
蛇作龙游……

五

陈抟大梦正浓，
鼾声也滴着水。

六

也许想把门开大一些，
羽君伸开两臂……

琵琶泉[1]边

浮萍上坐只青蛙
鱼都凑近过来。
老等[2]闭着眼……

峨眉月

其一

一弯冷月
就把个峨眉漫了！

你是因此而瘦的吗？

其二

蘸着冷雾，
为大峨写生。

从有
到无。

---

① 琵琶泉：济南名泉之一，在娥英河内，琵琶桥西。
② 老等：即鹳，俗称打渔郎子，也叫“老等”。

峨眉雪晴

其一

两弯白眉，
一颗红痣。

其二

风被压住了。
它太野！

腌你一冬！

其三

两行草鞋印儿，
香到顶……

（以上六首原载于《山东诗人诗歌集》，华艺出版社 1989 年 9 月出版）

苗得雨

苗得雨（1924.4— ），山东沂南人，中国作协会员，历任山东省作协副主席，山东省文联副主席、党组副书记，中国新文学学会副会长，山东省文联名誉主席等职。主要作品有《苗得雨六十年诗选》、《苗得雨散文集》、《文谈诗话》、《赏诗谈艺》等。作品曾获泰山文艺奖文学创作奖。

英雄山颂

走近你，
我听到当年的炮声；
看到你，
我望到万千个威武的身影；
到你身边，
我想到多少英灵正睡在你怀中。

你波涛滚滚的浓绿，
是英雄的血脉在流动。

孩子们来这里听课，
青年人在这里用功，
老年人在这里温习，
一起集结在这大山之中。

英雄不是人捧，

英雄不是自称。
大地因你而美，
历史因你而红，
多少颗心被吸引，
英雄山，一个巨大的生命！

（原载于《解放军文艺》1984 年第 11 期）

泉边，杨花开了

杨花开了，
挂在蓝天高处。

还是那一排杨，
在我窗前，在我院里。

那时，我常在树下，
读书，洗菜，凝思……

夜深人静时游个够，
像在故乡的河里。

杨树已经长这么粗这么高了，
我也在这里又看到自己。

看到这树的小时，
看到我杨树花开时。

（原载于《诗刊》1985 年第 8 期）

趵突泉

好像地底下所有的水，
都涌进这个泉眼，向地上喷吐。
喷吐，咕嘟嘟喷吐，
不停地喷吐，
不改姿势地喷吐。

我望着这千年万载不停息的涌泉，
懂得了——
江河为何长长奔流，
海洋为何从不干枯。

似琴儿响，似笙儿鸣，
似多少美妙的歌儿，
是这样的动听！

播　送

多少泉水流动，
日日夜夜，闻得哗哗声。
像无数机器旋转，
像列列火车运行，
像高山甩下瀑布，
像大海波涛奔腾，
像千里森林风啸，
像长征中，亿万人前进的脚步声……
泉水啊，你把我祖国奔跑的声响
全部汇集、留存，
然后，这样日日夜夜向我播送……

泉　边

插在泉边的杨柳，
——格外青，
开在泉边的芙蓉，
——格外红，
彩云落在泉上的影儿，
——格外美，
小女儿在泉边长大，
——一双眼睛明净而有声。

苗得雨

大明湖畔

想拍张照片，
把背景挑选。
愿有水，
愿有山。
愿有树丛，
愿有花园，
愿立湖畔远方眺望，
愿坐树下沉思无言……

不，这一切都不要，
要春光一片，
要情思无限。
女摄影师未答话，
把头点点，
她知我心声，
她懂我心愿。
我悄走了，
是一张照片，
也不是一张照片。

英雄山青松

绿蓬蓬，
一株株青松。

遍布大山各处，
在山坡，
在山腰，
在顶峰。

一座大山，
这样组成，
一株大青松的怀中，
千万株小青松……

英雄这样相聚，
英雄山这样筑成，
英雄本也就是众多，
大地由此而郁郁葱葱！

题解放阁

当年粟裕率大军攻打济南时，是在此处打开缺口的。事后建一阁，陈毅亲笔题名：解放阁。

古城墙的一个角落，
一座堡垒由此攻破。
孔洞由此凿穿，
曙光由此辐射。

凯歌由此奏响，
战果由此收割。
是可牵之牛鼻，
是可击之眉额。

解放之缺口，
新史篇之开头章节。
泉城十万楼台亭阁，
这是最雄伟的一座！

（原载于《苗得雨60年诗选》，山东文艺出版社2002年出版）

公　刘

公　刘（1927. 3—2003. 1），本名刘仁勇，江西南昌人。主要作品有《在北方》、《公刘诗选》、《尹灵芝》、《离离原上草》、《仙人掌》、《骆驼》、《大上海》、《南船北马》等。

济南革命烈士纪念塔

一座革命烈士纪念塔，
像忠诚的哨兵日夜屹立，
他的凝重伟岸的身躯，
总和山光一道扑进我的心底。

当每天天边现出了晨曦，
他的目光就频频和我絮语：
再大的眸子也不成其为世界，
你也应该准备投入我们的怀里！

（原载于1984年11月9日《人民日报》）

雁　翼

雁　翼（1927—2009），原名颜洪林，河北省馆陶县人。1942年参加八路军，1949年开始写诗，曾任《星星》诗刊、《四川文学》主编。著有诗集《大巴山的早晨》、《在云彩上面》、《黑山之歌》、《江海行》、《南国的树》等二十多部。

济南的三行诗

一

我并不是对冬格外多情，
跟随朋友钻进冷风——
其实，冷得空气也似乎结冰。

二

是济南人火热的邀请，连
黑虎泉和趵突泉，
也向寒天喷吐赤诚。

三

人世间不能只有热而没有冷，

没有冷也就没有了
热的寻觅和热的憧憬。

四

济南人是有福的，严寒里
复活了死去的护城河，
呼唤着柳绿花红。

五

连辛稼轩也睡不着觉了
站在大明湖畔，忘记了酒香，
惊望满眼的陌生。

六

李清照也从江南来了
望着门前断了金线，思索
怎样接连起那缕旧情。

七

我可能是个爱财奴，为失去的
那万串珍珠，悲叹
感情的贫穷。

八

也许，正是为了寻找我的丢失，
才沿着新建的环城公园
观赏，伴着冷风的笑影。

九

冬天的济南固然冷，很冷，
但冷也只是外形，而内心
炽热的岩浆正在运动。

十

因此，还没有走就计算再来的日程，
——我的心虽许给了冬，也只是因为
隆冬里储满了春思春景。

（原载于1986年3月2日《济南日报》）

林乐山

林乐山（1953.10— ），山东省牟平县人。著有诗集《绿色的火焰》、《36支红烛》、《红草莓》、《天堂的白雪》、《五重奏》等。

泉 城

对于城市
一眼泉就是一座
无价的宝藏
泉城，佩上了
七十二枚徽章

花的公园
水的城市
飘逸茉莉花的浓香
泉城是满腹经纶的诗人
日夜喷吐锦绣文章
泉城是水灵灵的少女
美的线条清晰流畅
泉城是魁梧的大汉
挺拔伟岸落落大方
泉城兼有
南国的灵秀北方的粗犷

林乐山

每一条商业街的霓虹灯下
美在流淌
每一扇住宅区敞亮的门窗
美在酝酿
让横空的立交桥偿还时间
让林立的高楼追回太阳
让飞腾的泉城
驾起七十二只翅膀

泉城
孕育荷花杨柳的土地
诞生了千古名士的故乡
希望之泉喷涌不尽乡恋
滋润了海内外多少渴望
泉城，这颗灿烂的明珠
祖国正把你
捧在手掌……

（原载于1986年5月6日《济南日报》）

与趵突泉对话

其一

最美的语言
让你说尽了：趵突泉

你还在
絮絮叨叨
让天下所有痴情人
见了就忘不了你
趵突泉

一句话
会让人寻味千遍万遍
我明白了　趵突泉
你在为一座城市代言

其二

所有愁烦
见了你
也会烟消云散

林乐山

你有那么蓬勃的激情
曾将一朵朵笑靥点燃
听你的谈吐
只觉年轻的是身心
老去的是时间

（原载于1987年11月22日《济南日报》）

意义：绝非在一座桥

——致济南黄河斜拉式公路大桥

一座桥便可跨越一千年
一千年如死水
铜锈结满绿苔
纤歌与船夫号子活着
在河水的记忆中打着旋涡

岁月的落叶纷纷
飘出负载风雨的古船
岁月顺流而下
岁月逆流而上
奔波
折一枝桃木为桨摘一顶莲叶为笠
活脱脱岁月如渔翁
放牧河水沸沸扬扬
翻滚蓝天白云为人世尘埃

有道路诞生于荒莽
有龙腾空于水上
定格为历史，历史曳杖而行
曾沿江河徘徊
叹息化为云烟，腾雾而去
把脚印种在水边
根扎千年，千年死水为之激荡
根从水底潜过对岸
信息爆炸，鱼族为之震怒
钢铁之巨叶托起日光
接通一条横向河流

转瞬岁月落叶纷纷
幻化为攘攘人之行舟
有道路即是河流
这河流已活了一千年
唯有河流一去不回头
所以总在记者招待会上
抢发头条新闻

（原载于诗集《红草莓》，山东文艺出版社 1990 年出版）

赵鹤翔

赵鹤翔（1933.4— ），江苏铜山人。先后在《大众日报》社、山东省委办公厅、济南市文联工作。作品曾获山东省刘勰文艺评论奖。

新 泉

贺泉城环城公园建设中重新找到和发现的白石、双龙、寿康等七眼新泉。

七个姊妹先来了
漾着笑靥
作为大地母亲的使者
给女儿一串串绿色的珠玑
尚留有妈妈乳浆一样的温热

像七架琴
风轻轻地弹拨
发出新鲜的声音
诉说着
叮叮咚咚的柔情

感谢北京来的总工程师
还有喝泉水长大的济南人
是他们

掀掉你头上的重压
拂去你鬓边的污秽
天上回来了哈雷彗星
地上回来了七眼新泉
都漾着甜美的笑靥
都拨动着叮咚的琴弦

那颗星，属于哈雷
这七眼新泉，属于谁

题黄茅岗水库

哪个仙女
不慎打碎了宝镜
从瑶池楼台
飘落在这深山老谷一片
斜阳晚照
光灿耀眼
万籁俱寂
星星和月亮全在你心上安眠
明亮的镜片
可曾照见
青松漫山
山花斑斓
枫叶艳艳
可曾照见垂柳和少女的

赵鹤翔

一头青丝
妩媚笑靥
清澈的镜片
不，你是密纹唱片一盘
针叶松在你上面轻划慢转
听，放出了
松涛吼啸
喜鹊喳喳
花底莺啭
小蜜蜂是那飞动的音符
怨不得哟，女歌唱家的嗓子那么甜
原来都有蜜的流泉

闪光的镜片
不，你是摄影师的镜头一闪一闪
我的朋友来自大洋那边
我的同胞来自海北山南
你镜箱里储存多少
对这灵秀的情恋
——几车几船

（原载于《当代小说·诗与散文增页》1986 年第 6 期）

任晓峰

任晓峰（1962.7—1999.10），山东济南人。毕业于山东师范大学历史系，曾任《济南日报》编辑。著有诗集《人在旅途》等。

弓弦随想曲

——写在济南黄河公路大桥竣工时

恐龙称雄的远古，北方
就默默地卧成了一把竖琴
黄河从北京人文明的源头流淌
成为一根鸣唱咏叹调的琴弦
风沙簇拥着漫卷原野
刀枪交替着浴血的历史
冷漠的记忆里，长满
憧憬和弦的弓林

阳光很足的早晨
希望开始疯长，成为
建筑工地上的脚手架
于是，琴弓诞生明亮的旋律
休止符却醒目地凝固，注满
那最沉寂的音乐史
——北方这巨大的琴体啊

黄河这古老的琴弦啊
大桥这彩虹般的琴弓啊
生活喧闹着沸腾
太阳旋转着上升
五颜六色的音符涌出来，终于
让时间在这里快节奏地彩排

没有忧伤，情绪很饱满
流行曲不属于磬鼓
不属于有青铜光泽的编钟
每一个风和日丽的日子
大桥，都在浑厚地为黄土地抒情

（原载于《当代小说·诗与散文增页》1986 年第 6 期）

我的红房子

不知道什么时候我怦然心动
幻想有一幢漂亮的红房子
鸟鸣歇息了　蝴蝶歇息了
却总有早晨的太阳高挂
红晕晕洒一片玫瑰色
总是有紫烟飘出缕缕如丝
催人面红催人血热
催门前的柳树扭动的腰肢
天蓝得出奇
夜夜星光闪烁

什么时候淌过哗啦啦的溪水
土地悄悄地湿润开始有蛙鼓歌唱
于是，红房子更加圣洁
红房子更加热烈
白桦树写满相思一棵两棵……
把远方连接
萌生的青藤却覆盖了小屋的前坡后坡

微　笑

等候太阳　等候
那轮腾跃的激动
拥抱海风　我们相遇
在惊蛰雷轰响的早晨
海雾散淡
期待无边
洁白的浪花湿润情绪
你袒露出
海鸥才能投影出的微笑

桂花长疯了八月
虎纹螺盛满相思
踏起伏的涛声寻找　微笑
是一座不沉的岛
香海灯闪耀
读白朗宁夫人的十四行诗

微笑能托起心海的那片
玫瑰潮吗

给　你

不是所有的爱
都能得到回报
不是所有的衷情
都能向你倾诉
爱意常伴我
错过一个又一个的花季
结出的果子酸酸涩涩
像一轮淡淡的弯月
盛不下丝丝愁意

并不想有意错过
却总在朝朝暮暮地错过
错过有故事的情节
错过无主题的旋律
晴天有闪电
雨天有阳光
不知明日的轨迹是方还是圆

未来不可预测
命运不可丈量
看远处的峰谷涌现奔腾
爱，是一种酷刑

（原载于诗集《走上旅途》，山东文艺出版社 1991 年出版）

王建群

王建群（1949. 11—　），生于济南。济南广播电视局高级编辑、广电文学编导。1993 年获中国广电学会颁发的“全国十佳编辑”荣誉称号。

哦，楼群

——写在甸柳庄住宅区

舜的犁铧吻过的地方
是肥沃的土壤
夯声的雨点中
片片楼群破土而出
春的冲击波里
泥浆、油漆和荠菜花的呼吸
汇成生活的温馨
你是些真正的男性之树
向着慵懒的天空
昭示
城市的尊严

安装工邀来的阳光
把无数面窗子
印刷成金色的诗笺
塔吊用超越了哨音的突兀构思

纪　宇

纪　宇（1948—　），原名苏积玉。山东荣成人。中国作家协会会员，山东省专业技术拔尖人才，享受国务院政府特殊津贴。著有诗集《金色的航线》、《船台涛声》、《五色草》、《风流歌》、《纪宇朗诵诗》、《纪宇自选诗集》、《山海魂》、《追求六重奏》、《纪宇抒情诗》、《纪宇儿童诗选》、《纪宇爱情诗》，长诗《97诗韵》，散文集《美的遐想》，报告文学集《纪宇报告文学选》，长篇传记《喜剧人生》，诗论集《诗之梦》等。

荷

深深地珍藏着优美的情感，
冬日里梦想着夏之灿烂。

悄悄地积蓄，默默地伸延，
藕甘心把自己置身于黑暗；

向太阳索取，和空气交换，
叶不惜用翡翠做湖的衣衫。

花在哪里？梦中露出小角尖尖，
花在哪里？阔叶举起阳伞。

暮雨中，你酿出风的清香，
曙光里，你捻动星的珠串。

终于捧出一颗芬芳的心
把美丽的憧憬托出水面！

有人说，你出淤泥而不染，
贵在和母体离得远远；

有人说，你功在自身，美在自然，
你却悄悄地收拢了素洁的花瓣。

藕、叶、茎、花不能割断，
共同的奋斗使你们紧紧相连。

莲蓬擎起一轮圆圆的月亮，
那分明是心中爱的喷泉……

（原载于《百花园》1986 年第 9 期）

柯　原

柯　原（1931—　），侗族，湖南新晃人。1949 年参军，曾任广州军区文化部文艺处副处长、处长，广州军区政治部研究员。中国作协会员，广东省文联委员，广东省作家协会第三、四、五届理事，中国散文诗研究会第二、三、四届会长，世界华文诗人协会理事。

泉城诗情（组诗）

趵突泉

满城琼花碎玉中
三颗硕大的牡丹
一曲丝竹合奏中
高亢清绝的琵琶声
名副其实的趵突泉啊
古城深情与活力的象征

滋润了历史与今天
滋润了诗词与画卷
滋润了三春柳色大明芙蓉
老圃黄花与秋山红叶

掬一杯晶莹清冽的
趵突泉水，带在身边
听吧，倾听那地心涌出的
四季奔腾不绝的歌

哈，我也成了一名
骄傲的泉城居民
心头溢满
这泉水，这花朵
这汩汩不绝透明的欢乐

（原载于 1986 年 12 月 3 日《山东青年报》）

漱玉泉

她曾在这儿对月怀远
她曾在这儿漫步苦吟
泉水可照见那绿肥红瘦
泉水可照见她沉思凝眸

大旱年，多少泉眼枯竭
只有漱玉泉汩汩涌流
也许她给泉流以灵感
如她的诗——沉郁深远
如她的词——俊秀剔透

我轻轻在泉边走过
莫惊动一世流动的碧玉

莫点破一池凝固的月色
这儿流着她
透明的情操
皎洁的诗思
如一泓越品越甘洌浓郁的
人生的酒……

（原载于 1986 年 11 月 30 日《济南日报》）

大明湖

仿佛走入古老的画幅之中，
依然是古色古香的大明湖。
鸳鸯厅遥对北极阁，
历下亭碧波中玉立千古，
四面柳色，柔情依依，
把游人的心系住。
只是，老残没见过今朝的荷花
花工精心培育，金粉叠瓣，
笑靥浮现，绘出新的群芳谱
吸引了游船与蜂蝶无数。
那湖心的喷泉直上蓝天
把亮晶晶的七彩的欢乐
洒进了白云深处。
啊，依然是古色古香，
却更洋溢着青春活力的，
今朝的大明湖！

（原载于 1986 年 12 月 2 日《新环境报》）

纪　鹏

纪　鹏（1927.5—2010.7），吉林九台人。中国作协会员、中国散文诗学会副会长、中外散文诗研究会名誉会长、北京大学中日诗歌比较研究会副会长、中国毛泽东诗词研究会顾问、解放军文艺出版社特邀编审。著有长诗《铁马骑士》，短诗集《蓝色的海疆》和《爱的交响曲》等。曾在全军、全国多次获奖，作品被译为多种外文。

漱玉泉边断想

——参观李清照纪念堂纪感

一

无情的时光流水
淹没了她幽静的故居
应该感谢永世忠于
“一代词人”的漱玉泉
九百年来还不倦地
讲述她那哀婉的轶事

二

晶明如镜的泉水啊
可印下她泉边漫步的倩影

如何面对你梳妆，构思诗词
是哪道泉水流出的
“……绿肥红瘦”
“……人比黄花瘦”
“才下眉头，又上心头”的绝唱
流出了凄婉、明丽的绝唱
（虽然世人不忘那撕人心肠的十四个的叠字①，但也应感谢送来“载不动，许多愁”忧愤的“双溪”）

三

婉约派词宗的胸中
也高燃过婆家的怒火
她和有血性的江南太阳谈心
合作了震撼古今的《夏日绝句》
慷慨悲凉，给予失败英雄
无限的同情与哀思
闺中奇女“漂流遂与流人伍”
词中也散发男儿的阳刚之气
世上风云变幻，人生颠沛流离
在杰出的诗人词客的名篇中
怎样不打下深深的印记

（原载于1986年12月26日《新乡晚报》）

---

① 十四个叠字：即李清照《声声慢》词中的“寻寻觅觅，冷冷清清，凄凄惨惨戚戚”也。

刘延林

刘延林（1953— ），山东济南人。曾任山东省作协全委委员，山东省文联全委委员，济南市作协副主席，济南铁路局文联副主席兼秘书长等。著有诗集《那年的风笛》和《刘延林散文诗选》等。作品多次获奖。

把握生命

缓缓又匆匆地流。

似乎属于谁也不属于谁，缓缓又匆匆地流，流得人生之岸愈来愈目光可及。

或轻松或沉重地回过头去。

回首是一种体会。

在时光为你擎起的灯盏里，

岁月的树上落叶缤纷，不多的甜甜的时光孤独在枝头上。

人生的路上苍茫而又空旷。

风一阵阵地吹奏着，许许多多的日子没有进入甜甜的境界，平平淡淡地去了。

只有不多的甜甜的时光，一簇簇依偎在记忆的灯盏里，告诉你曾经走过的道路，告诉你什么是爱，温馨和梦幻。

那些时光呢，苦的酸的流过泪水的时光呢？

只有甜甜的时光被心挽留住了，生长着，葱葱茏茏地走过四季，昭示着存在。

时光之河，缓缓而又匆匆地流。属于你的时光已经不多，尽管时光很丰厚很磅礴很永恒，然而，人生之岸却愈来愈目光可及。

把握生命，把握每一片时光。历史的呼吸是不绝的钟声。

让时光甜甜。用心用爱用梦用歌用诗，赋予它。当每一片时光变得难忘，甜甜的时光中的生命之舟，就会驶入无愧的辉煌。

快乐之门

去，去吧，敲一敲快乐之门。

该忽略就忽略，迷惘痛苦狂躁疲惫及其他。人生有忽略才会有轻松。

轻松是一种豁达，一种风度，一个媒介。抖落那些无聊们庸俗们孤独们内耗们的围困。

将面临快乐之门。

什么表情的眼睛都可以忽略，径直走那坦荡荡的路。

感谢人生。

遇到一个人，当感觉美好，就美好地去轻轻松松地做一个朋友，一个朋友就是一扇打开的快乐之门。

衰老不属于我们。缺乏对生活对生命新开掘的时刻，衰老将不期而至。

忧愁不属于我们。当忧愁困惑于你，就毅然地举起告别的酒杯，去敲响那门。

真诚、友爱、和平，乏力的呼唤和弘扬已酿成了不少甜甜的悲剧。

至爱成了罕见之花，应该重新种植，她一定会丛生出快乐的灵魂。

当举起快乐之旗，快乐就不再是遥遥期待的梦，远远沉醉的画。

快乐将再造现实。

敞开，敞开那快乐之门。

快乐的心是快乐之门的钥匙。

（原载于《山东文学》1987 年第 3 期）

晚 风

它使夜的蓄谋阴森了许多。
我的梦无数次被它摇曳，晚风里似乎不生长愉悦的故事。
它入侵夜，占领夜，骚扰夜，所有黑幽幽的主题都是它的杰作。

总不能无休止地诉说黑色的秘密，
总该谈一点明亮的事情吧。
也许别无选择，也许是它永远不能进入阳光地带，也许每一个新鲜的明天都需要分娩于夜。
也许，也许。

黑色晚风，我永远不会为你敞开门窗。
夜本来就是梦乡，白天已经很累，总不希望你无休止地敲门。
人总有喧嚣累了的时候。
能谈点明亮的事情吗？
黑色的晚风。

（原载于《海鸥》1987 年第 2 期）

跨过太阳之门

无数
无数蜂巢似的房子堆积在我的翼下。

虔诚如故。

无数个黎明重重叠叠地进入城市，在太阳的金潮汐里无数次地聆听窗之合唱。

此刻，阳光流呈现出最潇洒的姿态。

此刻，一切都在太阳的主题覆盖之下。

有许多梦开始放飞，从每一幢房子拥挤着的故事里，从盛开的窗扉突破栏棂，加入阳光下的展览。

纷纷飘逝。

如黄昏孤独地沉没，溅起一缕缕朦胧下去的回忆。

房子总是一个栖息地，总还可以痛痛快快去梦。城市里的生活总有蠕动的忧郁带，骚动与喧哗，秋之翅上的烦躁风，夏之卷中的冷画面，一串串奔走如故的日子。

许多人在一起居住了那么久，总是既熟悉又陌生，每一轮微笑似乎在演一个角色，每一度握手好像在重复一个游戏。

有隐形门。疲惫是一个甩不掉的沉重的背影。自己很难读得懂自己。

小房子的门呀墙呀总象征着一种距离。目光总想穿墙而过，让自己的心跳和阳光吻合在一起。

城市的广场是阳光的集结地，是太阳豪华的部落，是一幅金黄色的风景。

来吧，来跨过太阳之门。

潇洒地站到一个新的地平线上。

（原载于《黄河诗报》1988 年第 2 期）

玫　瑰

喷泉般的玫瑰。

照亮了夜，并占领城市。

玫瑰们从容地行走，或相擎或传递，或摇曳或绽放。

我坠入自由的风里，今宵属于了玫瑰。

熟悉的街上，不熟悉的女孩祝福般地恳请：买一枝吧，祝您和您的夫人相濡以沫！

真诚突然发出丘比特的箭。

我竟被一枝玫瑰点燃。

很多的人在街上抒情。

元宵的灯抑或元宵目睹了这一切。

我真为 365 天又多了一个这样属于情的日子所雀跃。

我愤怒平庸的日子。一切离美好那么远，一切离烦恼那么近，一切离新鲜那么远，一切离无奈那么近的日子。

喷泉般的玫瑰在街上。

多少亲情友情恋情爱情正喷薄出久违的香。久违的香里，让人甜甜地上升。

让人感谢城市——这个似乎过去曾冷漠的家园。

当人和玫瑰成为一种风景的时候，即成了生活最潇洒的一次开放。

今宵的玫瑰，让历史整齐地排列出逝去的往日，人与人的表达、相融被阻隔着，成一种灰色。

今宵的玫瑰逾越一切。

今宵的玫瑰让人的气息亲切起来，街上到处是漂亮的姿势。

我怀念那个不熟悉的女孩，我久久读她寒风中那段祝福。

今宵确是找到了激情，人和城市，玫瑰成了今宵的主宾。

属于我们的日子里多了一个和玫瑰难以分开的日子，这个日子让我翘首等待了很久。

这个日子终于来了，
还有一些日子也将抵达，
让我们一起纯洁并圣洁地期待。

（原载于《时代文学》2011 年第 2 期）

杨 健

杨 健（1957. 9— ），祖籍湖南湘乡，生于济南。济南市作家协会副主席，文学创作一级。1976年开始发表诗作，迄今已在全国数十家报刊发表诗歌六百余首，其中有数十首被各类报刊及选集选载，并数次获奖。出版有诗集《99首诗》、《激情》、《燃烧与寂寞》。

你 说

你说，我不像现在
面庞上洋溢着春风
每句话都能点燃你的笑
那时我紧蹙双眉
脸颊上结着厚厚的冰
说话极少
偶尔迸出一句也很硬
掷到你心里很疼

你根本不知道我心里常有热浪翻腾
强将滚烫的语言阻止于喉咙
我也不知道脸上是自哪方飘来的乌云
心里是自哪方吹来的寒风
我感到一切都是无端的
在我生命的词典上无法查询

杨 健

你说，你忧郁地说，你幸福地说
我曾是你心目中的高仓健
高仓健已经消失了
现在你是卓别林

（原载于《诗人》1987 年第 3 期）

趵突泉

济南不老
还很年轻

天下游人纷至沓来
感受一座古城有力的心跳

（原载于《山东文学》1987 年第 9 期）

英雄山

一部厚重的革命史书
翠绿色的封面上
一个醒目的惊叹号

（原载于 1987 年 10 月 25 日《济南日报》）

大明湖畔

形单影只
游走于山水之间
湖光山色是上好的绿茶
不止明目清心

沉醉于自斟自饮的惬意
人在 2013 的大明湖畔
心穿越到唐宋

请教杜少陵先生
你说的济南名士有多少
想偶遇浓眉红脸的辛弃疾
向他的壮志豪情表达敬意
能与人和词同样婉约的李清照聊聊诗
自然更好

绸缎般赏心悦目的湖波
纤手样多情缠绵的柳枝
美丽地抚弄着美丽
是上天倾情绘就
这意味十足的人间诗画

茶意渐浓
不醉不归

（原载于 2013 年 7 月 15 日《联合日报》）

杨　健

漱玉泉

女词人清冽冽的词
自宋朝流淌至今

我伫立泉边
甜美一阵
忧伤一阵

泉水流淌
形如跳珠
声如弹琴
大珠小珠敲打着我的心
我深深地走进李清照的词里

（原载于2013年7月16日《联合日报》，
并入选《中国优秀诗歌年选2013卷》，新华出版社出版）

壶口瀑布

这是天下最大的一把壶
自壶口里流出的香茶
养育了一个伟大的民族

喝了五千年的茶
依然很酽
染黄了我们的皮肤

在洛阳我找不到隋唐的影子

在洛阳　在这个鼎盛一时的十三朝古都
想找一个唐朝的影子
想嗅一嗅隋朝的气息
那个强盛的时代竟消失得如此彻底
文帝的霸业武皇的淫威已没有一点痕迹
一切浮沉好像从未发生过
只有时间从容地迈着固有的脚步
宠辱不惊　无所畏惧
缓缓流淌的伊河水
满目沧桑的龙门石窟
亦显衰老
只有时间还是那么年轻
义无反顾地引领我们前行
既然时间可以医治一切创伤
也可以掩埋所有辉煌

（原载于《时代文学》2007 年第 3 期，
后选入《山东 30 年诗选》，中国文联出版社出版）

周长风

周长风（1954. 10— ），生于济南。历任中共济南市委宣传部副部长，济南日报集团董事长兼党委书记，济南市政协专职常委、文史委副主任，《济南文史》副主编，高级编辑。发表诗歌、散文、报告文学等多部（篇）。作品获全国对外文化传播金桥奖、山东省精神文明建设精品工程奖等。

红荷花·白荷花

济南的红荷花开放在城里
亲热依偎在明湖身边
济南的白荷花绽蕾于乡下
亭亭玉立在华山膝前

我看见红荷花呀屏息凝视
娇艳的容貌令我目眩
我看见白荷花呀不敢抬眼
圣洁的气质令我自惭

红荷花朝霞里降生
把热烈的季节殷殷呼唤
白荷花月华下洗礼
将天真的憧憬悄悄舒展

怒放的红荷花喜欢舞蹈
凌波临风跳动着生命火焰
含苞的白荷花喜欢挥笔
碧叶田田铺开了青春诗笺

红荷花常到乡下做客
妩媚的芳仪叫白荷花惊羡
白荷花常到城里探望
素雅的清韵让红荷花赞叹

红荷花与鱼同乐以鸟为伴
她说乡下的妹妹就这样和善
白荷花爱穿绿裙爱撑绿伞
她说城里的姐姐就这样打扮

红荷花的心灵阳光编织
明亮的金色李清照为之忘返
白荷花的笑声沁人心脾
淡远的清香周敦颐为之叩舷

红荷花的感情多么缠绵
就像白荷花那样藕断丝连
白荷花的品格多么高尚
就像红荷花那样遥离尘岸

红荷花白荷花济南的女儿
柳叶般的纤眉澄泉似的俊眼
白荷花红荷花济南的骄傲

周长风

皎洁的灵魂啊赤诚的肝胆

（原载于《济南诗雨》，山东人民出版社 1988 年 8 月出版）

送友人远行

今晨你的灵魂匆匆启程
为什么这样决然这样无情
奈何桥上请回一回头啊
可听见朋友们揪心的哭声

酷热的夏天即将过去
迎面吹来的是清爽的秋风
枝叶尚青竟轰然倒下
为什么等不到雷雨消停

近在咫尺已是两个世界
病魔带不走你的笑影
无字的历史覆盖在身上
洁白是它的全部内容

属于你的花今天才开吗
翻山越岭时得到的多是棘荆
失去了才珍视他的存在
遗像前大伙儿深深地鞠躬

往后闲谈时还会提到你的
我们曾结伴于穿越人生的旅行
冬夜里请到我梦中相见
说一说大海那边的风景

（原载于《当代小说》1990 年第 16 期）

夏

夏从遥远的南方赶来
一阵风直扑我们的村落
先用急促的雨点敲打门窗
接着雷吼一声闯进梦中的房舍

他不像刚走的春，同你笑笑
脸儿便桃花般地羞涩
小伙子总是豪爽雄健
拥抱你，呼吸是那么灼热

他应村民邀请来田园劳动
一夜间把麦海镀成辉煌的金色
随后又饱蘸朝霞夕照
点染山楂、花椒和苹果

清晨他早早跃上东天
高擎太阳照彻万物的魂魄

傍晚他又赶往山那边上班
临行前，把万盏星灯点着

他的气度比松还要洒脱
迎风大笑，手舞足蹈地向上拔节
他的性格比火还要炽烈
燃烧起高粱，大雨也不能浇灭

有人指责他缺乏冷静
不倾注热情，怎成就蓬勃的事业
听听月光下美妙的夜曲
银白色的柔情在草尖上闪烁

绿叶由鲜亮变得浓重
那是他深沉的思索
果实由酸涩变得甘甜
那是他酿造的生活

他编织了许多美丽的故事
老人树荫下摇着蒲扇叙说
他执导的牛女相会悲喜剧
夜夜扮演在村边小河

终有一天，乡亲们发现
水库已满，山草渐黄，谷香盈野
那时夏已经悄悄地走了
让秋享受丰收的笑语欢歌

（原载于1994年8月23日《济南日报》）

弯路上的小花

——致诗人塞风

塞风，本名李根红，1937 年开始诗歌创作，1955 年至 1979 年被迫停笔，1989 年出版复出后的第一部诗集《弯路上的小花》。

你曾扛着枪走
你曾唱着歌走
你曾顶着雷走
你曾挨着鞭走
在弯弯曲曲坎坎坷坷的山路上

眼噙着泪
心滴着血
脚板拔不完的荆棘
脖颈卸不掉的链锁
你把生命掰碎　一路撒播

千百年后会有个少年再来
山路依然弯弯
却开满奇异的花朵
他听老人传说
那经过血泪浸泡的根
永远是红红的

（原载于《当代诗人手稿集》，中国戏剧出版社 2001 年 5 月出版）

桑恒昌

桑恒昌（1941. 12— ），山东武城人。历任《黄河诗报》社长兼主编，中国诗歌学会副秘书长，中国作家协会会员，中国诗歌学会常务理事，国际华文诗人笔会理事。著有诗集多部。

心 葬

女儿出生的那一夜
是我一生中最长的一夜
母亲谢世的那一夜
是我一生中最短的一夜
母亲就这样
匆匆匆匆地去了

将母亲土葬
土太龌龊
将母亲火葬
火太无情
将母亲水葬
水太漂泊
只有将母亲心葬了
肋骨是那墓地坚固的栅栏

除夕之忆

每当写到母亲
我的笔
总是
跪着行走

如果母亲是鱼
她会剥下
所有带血的鳞片
为儿女
做衣裳

母亲用五更灯火
为我纺了一根脐带
我把它走成
一万里
尽是滔滔的江河

今夜
母亲又会在
年头岁尾的路口等我
再一次
将儿子
连根拔起

桑恒昌

苦苦喊了四十多年

孩童的我
睡在母亲身边
突然被一种怪声惊醒
母亲又犯了癫痫
我学着父亲的样子
掐住母亲的“人中”
惊恐地
又哭又喊

母亲犯过多少次病
我已记不清楚
但是我知道
每次都是
我把母亲喊回来的

母亲的黑发
一根根一缕缕
在我的头上变白
母亲的泪水
一行行一滴滴
从我的眼里流干

这回怎么了
从山东到山西

从河北到河南
从东海到南海
从平原到高原
从亚洲到欧洲
从地上到天上
从醒着到睡着
从有声到无声
娘啊
我苦苦喊了四十多年

娘啊，我喊您
就是想
把您给我的体温和脉搏
还给您

（原载于《桑恒昌怀亲诗》，山东文艺出版社1990年9月出版）

用最长的夜送走最短的白昼
——痛悼徐北文先生

生与死，竟然
只有一口气的距离

你丢下那口气走了
在滴水成冰的冬季
先生，如果

你的肩头有点凉
就披上我的心
做外衣

你揣着那口气走了
在最短最短的白天
让我在最长最长的夜里
一遍一遍地想你
有块成为化石的时间
那将是你的传记

从此再也听不到
你撞响生命的心跳
从此与你厮磨多年的座椅
将夜夜咳喘到拂晓
从此我的心
一直在悲痛里腌着

你就是你笔下的朝阳
把翠绿给了叶子
把红艳给了花朵
把金赤给了谷米
留下所有的色彩
带走一身的清寂

一口气的距离，究竟
隔着几层天隔着几层地

举杯三人行

——与塞风、李枫先生小酌小记，并赠塞风

无论怎么看，塞风
你都是
从鬼门、神门、人门
闯过来的一道激流
你曾经以根盟誓——
去大海
吞尽那些苦涩

泥塑面塑石膏塑
你却是一尊伤疤塑
只是心之伤
一如水之伤

你看你看，刚见面
就从你的山东跑到你的河南
是笑声的秋千
把我荡回你的书房

置酒宴客
杯子满得像友情
三杯啤酒，涌动成

趵突泉的三只泉眼
于短暂的静默中
我们倾听——
一杯在说前世之殁
一杯在说今世之活
一杯在说来世之生

真想举杯凌空而下
喝它个轰天一醉
然后腰系葫芦
随你去
全程游一次黄河

如果醉了
就在入海口新大陆的最前沿
吐净胸中
那几斗沙

咬住疼痛
——悼念作家任远

少年时，你
总怕睡不够
成年后，又
总怕睡不着
如今轮到我们怕了

怕你再也睡不醒

鞋子还热着
怎么路就凉了
一辈子摸着良心
让人不舍得太多
大家抱着你的名字
疼过来又痛过去

你是血肉之烛
用全身的脂膏
燃一面旗
不知是否
留几粒磷光
照自己的路

因为有你，才有
如此耐读的人生
你告诉人们
燃烧后
并非都是灰烬

你不再拥有这个世界了
这个世界依然拥有你
两眶多情泪
一腔诗人血
你的心
永远在路上

无论走多远
你每一回首
都会碰疼
我的目光

生　日

亲人围着餐桌
餐桌围着蛋糕
蛋糕燃着蜡烛
蜡烛数着岁月

尽管所有的蜡烛
都点燃了心
并且发愿要为我从这头
一直燃烧到那一头
我还是刚刚点燃
就把它们熄灭

在祝福的歌声中
心圆泪圆的我
操刀在手
一下一下切割自己

我不知道——

哪一块是童年
哪一块是中年
也分不清——
哪一块是昨天
哪一块是今天

多少把血当泪流的日子
多少把泪当汗洒的日子
这会儿放进嘴里
都是不能承受的甜

当生命中需要蜡烛的时候
常常没有烛光相伴
生活中不会再缺少蜡烛了
总有一天我将不再点燃

我真的好怕
怕给后人
留下一堆
时间的骨灰

拜托了，蚂蚁兄弟

当死神
查封了我的呼吸
上苍之手

把我的命运抛弃
只剩下
三分柔肠
七分脊梁
在诗里

拜托了
蚂蚁兄弟
请把我
运回故乡去
用亲娘土
为我
做一身新衣

蜜　蜂

念着佛经
一座寺庙一座寺庙
去朝拜
方酿出
这
人间大味

撕

台历先把我
撕成年
撕成月
撕成日

钟表再把我
撕成时
撕成分
撕成秒

还会有什么
把我
撕得碎如粉尘

火　烛

火烛啊
请你告诉我
是流完最后一滴泪
你才熄灭
还是熄灭之后
依然
在流泪

（选自《桑恒昌怀亲诗选》，作家出版社 2012 年 5 月出版）

李　萍

李　萍（1964.7—　），生于济南。山东省作家协会会员。著有诗集《青春石阶》等。

那　天

一

落雨的时候
我正侧着耳朵
听荷声
清脆的，婉转的
不徐不疾
浅吟的
低唱的
她们很顽皮
把秋天扯得碎碎的
又缠得密密的
我记不得
她们是如何安静的
只记得，在我和弦的时候
一滴一滴变成了秋的
传说

二

结冰的时候
我正舔着舌尖
品冰糖
甜美的，清凉的
丝丝点点
纯净的
晶亮的
她们很贪婪
把冬天磨得光光的
又溜得滑滑的
我记不得
是如何躲藏的
只记得，在我烤火的时候
一片一片融化了我的
视线

三

云飘的时候
我正望着苍天
想河山
奔腾的，伟岸的
时光参透
高昂的
辽远的

她们很柔恬
把天空画得憨憨的
又抹得淡淡的
我猜不出
她们是如何发言的
只记得，在我听书的时候
她们一聚一散说乱了
思绪

四

落日的时候
我正流着眼泪
望霞飞
紫红的，金黄的
如酒如诗
微醺的
倜傥的
她们很炫目
把我的心舞得软软的
又搅得乱乱的
我记不得
她们是什么时候离去的
只记得，夕阳最后一缕余晖消失的时候
生平第一跃的勇气是谁
赠予

五

霜飞的时候
我正独倚高楼
数征雁
高翔的，低翩的
双歌孤鸣
闲旅的
切归的
她们很诗意
在明月上题个一字
再书个人字
我不记得
她们是什么时候无影的
只记得，在我回眸的时候
风露一点一点打湿了我的
翅膀

六

下雪的时候
我正要出门远行
看雪花
迎面飞舞
纯纯的
晶莹的
她们多可爱

把大地染成洁白
一望无际的银色
多么美妙
晶晶亮亮的雪花
纷飞的盛景
这冬天的故事
我需要慢慢
体会

七

夜静的时候
我正走进诗坛
读诗
落日的，飘云的
有雾有风
下雪的
结冰的
她们像精灵
把我的心升得高高的
又染得蓝蓝的
我不知道
她们是何时游进我心海的
只记得，在我读完的时候
夜色已是一身
明媚

青春石阶

再没有人呼唤我的名字
我无意中伤害了你
更重地伤害了自己
我以这座城市为代价
索取你离去的步履

再没有人沿着青春石阶缓缓而来
走进我荒芜的城
燃起烛火
照亮我夕阳似的笑脸
嘲弄自己的一次
感情经历

再没有人在飘雪的城外
远远地指给我看
寂寞雪原上摇曳的破旗
诉说心底的失意
约定在蒲公英盛开的季节
送一把沉甸甸的小伞
为我遮挡风雨

（原载于诗集《青春石阶》，华文出版社 1992 年出版）

雨　兰

雨　兰（1971. 10—　），原名王瑞东，山东梁山人。山东省作协会员、济南市作协全委会委员。著有诗集《低音》、散文集《乘着语言的翅膀》、儿童诗集《大地的眼睛》等。

音乐缓缓响起

音乐缓缓响起时
你正沿着蓝色的音阶
翩翩而舞
我在音乐之外
在优美的旋律之外
在你的心之外
把一杯浓浓的咖啡
调成　我心一样的苦涩
然后反复品味
音乐漫进我的被子
而你的微笑却飞不过来
我们中间隔着一支乐曲
隔着一颗温情的心
我只能透过音乐看你
你滑翔的舞步
踩疼了我的眼神

（原载于《绿风》1994 年第 6 期）

安静的梨花

这是四月的梨园。那么多的梨花
安静地开放　然后
安静地飘落
多么安静的优雅，安静的洁白
你看不出，一点也看不出
她们的得意她们的幽怨
无论在枝头枝下。只看到
她们安静的洁白安静的美丽

哪一瓣安静的洁白将随风
潜入我的梦境，安静我的人生
我的眼角有安静的温暖，流淌
不，那不是眼泪
那是四月的安静的晚风
误入了　我的眼睛

（原载于《诗刊》2009 年第 6 期）

桃花年年开

日子过得多么快
桃花说开就开了
春风说老就老了

雨　兰

此时，我们正走在夏天的炎热里
而秋天　已来到我们的舌尖上了
桃花年年开

飘浮着的尘埃总会落地
水过了 100 度一定会沸腾
我注定爱上的通往墓碑的路
就用书　来铺就
桃花年年开

安宁是我内心的财富
我不奔跑　我不逃避　我也不想抗拒
我已经学会，安然地承受
这命里分摊的苦难
桃花年年开

时间尖利的牙齿咀嚼着我
我用痛苦　更新着自己
这与生俱来的忧郁
多么不可救药
桃花年年开

我无法把孤独　赶出我的内心
我也会平静地收下
忧伤、苦难、衰老……
这　时间开出的收据
桃花年年开

（原载于《山东文学》2010 年第 2 期）

为什么不

为什么不把一场春夜喜雨
当成一场艳遇
让我们就着雨声饮酒，写情诗，唱莲花落

为什么不爱上田埂上的蒲公英、灰灰菜、
院子里跳来跳去的麻雀、蹲在苹果树上的喜鹊
它们都是我们的远亲近邻

为什么不倒空虚名浮利
再倒空陈词滥调
多装进星光、松月、青草的体香，小溪的低语

为什么不热爱身体里那滚滚的隐痛和暗疾
把它们抬高到幸福的位置
然后看它们完成惊心动魄的蝶变

为什么不继续孤独
任性下去，向深处挖掘
我们就做繁殖词语的人
在文字里不停地搬运丰美的灵魂

（原载于《钟山》2011 年 6 期）

我想向你说说

这个秋天多雨
我不病酒，也不悲秋
我只是想把心里的话说给你

我想向你说说
土地的暖香　挤挤挨挨的野花　树冠里清亮的蝉鸣
它们是现世的温暖

我想向你说说
出岫的白云　冥想的山石　沉思的老松树
它们是甜美的安详

我想向你说说
豪爽的喜鹊　鲁莽的麻雀　细声细气的画眉
它们是飞来飞去的喜悦

我还想向你说说
小院里沉默的蚂蚁
它们搬运了一整个夏天，多么勤劳
窗前的银杏树
天天为我唱着清新的歌谣，多么好
旧花盆里丰茂的青草
披散着优雅的长发，多么美

亲，我向你说起的这些
都是我最喜爱的
它们也都是我们生命中的大美

（原载于《时代文学》2012 年第 12 期，获“百世杯”全国诗歌大奖赛三等奖）

杨共玉

杨共玉（1957. 10— ），笔名梦羽，生于济南。山东省作协会员、济南市作协会员、济南市天桥区作协副主席、天桥区文学院秘书长。出版有诗集《纯洁恋歌》、散文集《梦羽随想》等。

人和风景

云幻化出血色
路的前方依然是路
我无法聆听你渐次到来的跫音
却看到了墙上的身姿贴近窗棂

风的吹拂　往事退化成瀚海
帆影以诗的光灿点亮贫乏的水面
前面有哀痛和缤纷的叶子
在青春的流经之地　辉煌一季稻谷

意念之上的火焰弹跳自如
一首旋律　一部生活法典
在辽远的山岚感受信念的光芒

那些神奇的词汇被雨打湿
那些影子消逝在轻唱的薄雾

走吧　无须回望
知道你的歌在天涯枯竭或者芬芳

记住一段岁月

走入冬雪消去的山林
面对一片空旷为你独吟
通天的路　零落的记忆
唯有风还记得那颗种子的故事
那些意念筑成的期待和对鸟的眷恋

感怀在悄悄地生长和演变
高原的雪在祭坛之外融化
洁净的天穹以雨的流动布道
树的身影以及落叶
为你转化成一首赞美诗

等待雨滴敲响沉寂的屋檐
等待树的刻度伸进生命的崖际
记住风狂的草原一首停歇的晚唱
一段旧梦延续着幸福和死去的荒原

（以上两首原载于1994年5月17日《山东青年报》）

杨共玉

一种感觉

一种感觉在秋天驻足
那鲜嫩无比的水
恰似质朴的民歌
目光穿透绿叶
进入天空诠释风尘
和游鱼般的天涯
树是一种精神
当心迹一片湛蓝的时候

只有默吟着告别
为你流泪的雨
北方有雪
一种心象的昭示
圣洁美丽的陶罐
从冬季到冬季
梦想千回百折
沿着月色的风雅
遥看湖面的喧嚣
你白睡莲般的默许
亭亭玉立

（原载于 1993 年 8 月 25 日《齐鲁晚报》）

吴开晋

吴开晋（1934— ），笔名吴辛，山东阳信人。山东大学文学院教授，中国作家协会会员，中国诗歌学会、中国新文学学会理事。著有《现代诗歌艺术与欣赏》等十余部论著，诗歌、散文集多部。诗作《土地的记忆》获以色列米瑞姆·林德勃哥诗歌和平奖。诗论集《新诗的裂变与聚变》获国际炎黄文化研究会龙文化金奖。

写在海瑞墓前

柏树摇动着古树的寂寞
阳光轻轻走近石碑
它读着石碑上刀刻的古字
发出叮咚的声音

透过睡石
它也许看见了古墓中那抖动的胡须
和那双圆睁的眼睛
眼睛里没有泪水
仍然流淌着青色的烟和红色的火
还有一声沉重的叹息

这眼睛也许会变为种子
在某个雨后长出古墓

在广阔的天地间
怒视着每片阴影

弯下手臂，柏树枝开始催促
阳光向石碑、古墓告别
它们走得很慢很慢
拾走了一串串在石阶上的脚印

山之魂

——阳朔群山印象

一万匹彩缎似的云霞来做帷幔
一万声爆裂的雷霆来报信息
要做父亲了
太阳兴奋得摇摇摆摆
伸出无数条光的手臂抚爱地球
大地母亲在烈火中痛苦地扭动身躯
群山，在母腹中躁动
它们挤压、撞击、呼叫、呐喊
渴望着生命的开始

到浩渺的银河去飞腾吧
到洪荒的大漠去奔驰吧
到漫漫的洪水中去畅游吧
孕育亿万世纪的种子正该诞生

云幔低垂，天色昏暗
电鞭挥摇，飓风怒卷
石破天惊的一声呼叫
震裂了天庭
惊呆了群星
大地母亲分娩了

群山从灼热的烈焰中挣出了母体
向上，向上
向往飞腾的变为雄鹰
向往奔驰的变为猛狮
向往跳跃的变为猿猴
向往长泳的变为巨鲸
向往跋涉的长成骆驼
向往腾空的长成巨龙

也许，真怕儿女们离体远去
大地母亲又投出一条绿色的带子
于是，漓江日夜抱着这群奇异的儿女
把群山的呼喊溶入碧绿的江底

（以上两首原载于《月牙泉》，百花文艺出版社1994年出版）

吴开晋

阳电之自白

——赠妻明岩

我是火热的阳电
从冬到春
蛰伏在云层里
我躲避着阳光的抚爱
为我赤裸之身而含羞

我从北极流浪到南极
在寻找你——我的阴电
哪一座湖泊和河流
是你的闺房
从冬到春
你也在寻找我吗

滚烫之云絮
如火在炙烤我
也许　我将默默熔化
是你　从高大树干
跃向太空
我们张臂拥抱
发出耀眼之光
如震天的霹雳

如椽的雨柱

是我们欢喜的泪
让我们相拥而去到浩渺之银河安家
永不相分

（原载于《诗刊》1995年第3期）

清明乡思

——怀念母亲

青天滴下三泓泪水——
前天的　昨天的　今天的
岁月如梭
编织着我无尽的思念
清明——
我心灵的每一天都是你
伴我走到母亲面前

母亲　你用树叶草根酿成乳汁
哺育儿女长大
我真想回到你体内看看
你用什么消化那粗糙的纤维
对！是那怦怦跳动的心脏
和滚烫的热血
而后，又化成了丛丛白发
和道道皱纹

母亲，你从不动手打孩子
只有一次，为我
打泥仗弄脏了新补的上衣
在胳臂上轻轻拧了我一下
却让我疼痛了七十年
我真愿你每天都拧我一下
这样就可以
天天依偎在你怀里

快让清明的三泓泪
化作滚滚波涛吧
我要时时乘坐思念之船
去看望已经醒来的母亲

（原载于《山东文学》2009 年第 7 期）

逄金一

逄金一（1969— ），山东胶南人。《济南日报》高级编辑、副主任。中国作家协会会员，山东省作协全委会委员，济南市作协副主席，山东省散文学会副会长。著有随笔集《双倍的生活》、《沙里的思想》，诗集《寻找》等八部。作品获中国新闻奖报纸副刊作品复评金、银奖，全国报纸副刊专栏年赛一等奖，第一、二届山东省刘勰文艺评论奖，第二届山东文艺奖、齐鲁文学奖，首届泉城文艺奖等。

演　戏

用票买来一群眼睛
一双眼睛搭配一个座位
撒网
拉出一场场活蹦乱跳的
掌声
拉出最后的全体起立
一片森林

（原载于《诗刊》1996 年第 5 期）

逄金一

龟兔赛跑之后

话说那次世界瞩目的大赛之后
乌龟便成了明星
有一百个兔少女向他求婚
有一千个兔少女剪贴他的赛照
商店里开始兜售乌龟鞋与乌龟帽
乌龟内衣乌龟乳罩
乌龟袜子乌龟手套
玩具店里乌龟成了主角
在电视上专辟一栏目
于黄金时段播出
传说一少女边吃边看
差点儿把碗和筷子一块儿吃下
在乌龟家乡树起了龟头铜像
有一万名兔少年在吃变形药
大学聘请乌龟担任名誉教授
酒厂开始造乌龟酒
泡泡糖包装纸上
也都换上了龟头
记者跟踪报道乌龟的每一秒钟
动物日报上的长篇连载
目前已叙述到
乌龟的第 555 块斑纹
动物奥林匹克大会再召开时
乌龟坐在总裁判席上

背后是乌龟牌运动鞋巨幅广告
他把“乌龟杯”奖杯郑重颁发
并做了场
和当年赛跑一样长的报告
后来办了不少届学习班
出了专著　听说
还要改编成电视连续剧　听说
主题歌由著名童声兔乐团演唱　听说
每集播映费：
一根烟后带十几个烟圈

乌龟出国讲学
其翻译就是当年的赛跑伙伴兔子
——他已改学乌龟语多年了

（原载于《山东文学》1998 年第 6 期）

名片济南

这座城市的名片是一瓣柳叶
边饰有清泉与荷花
北国出版
大自然印刷

这座城市的名片上说
海右此亭古，济南名士多

你可以在这里寻找到李清照的香踪
你可以从这里聆听到辛弃疾的剑鸣

这张美丽的名片
赶制在数千年前
二千多年前的一个春或秋
两位国君
在一泓青春的大眼泉畔
说了些话
被孔子捕捉到
一直传到了海角天涯

“泺”——
这个城市最早的称号
这个城市最优美的路标
它在讲：这座城市有水，也有欢乐
或者说：城市里有水，才会有欢乐

这张名片上的内容越来越丰富
古亭旁起了摩天楼
杨柳叶拂着了高架桥
百年老槐与泉标比肩
荷花为儿童笑脸折腰
新的时代
这座城市的名片有了新的注脚

古老的泉水依旧不紧不慢地流着
它甚至流上了高楼

像非凡的舞蹈
使劲抬高舞者的手
仿佛要去采天上的云涛

这座城市的名片还在不断地刷新
你我皆可按下历史的鼠标
只是一定要记牢——
要让泉水流得更加欢畅
要让泉水流得更明净妖娆
因为她不只流淌在时光的怀抱
更流淌在人们心灵的航道

（原载于 2009 年 9 月 27 日《济南时报》）

一条路能带来什么

——写在高铁畅达西部新城之时

一条路的开挖是大地的痛
它生生地把大地撕裂了一道口子
钢筋　水泥　石块　沥青
大地最后轻轻合掌
仿佛诸神暗暗地喝彩

一条路能带来什么
我想起丝绸之路
想起京杭大运河

逄金一

想到了青藏线

一条路
像条巨大的舌头伸向远方——
繁荣　便利　流畅　融合　发展
——把这些统统卷回了家乡的胃

一条路
穿越所有人的梦想与现实
把远山拉成近景
把故乡推向舞台中央

一条路
能使罪恶与瘟疫加速度
更能让正义与健康如光芒放射
一条路
向空间讨要新的未来
向时间讨要新的方向

一条路的建成是大地之幸
大地注定更加欣欣向荣
我仿佛看见荷花处处盛开
仿佛看见泉水流贯南北
欢笑　歌声　阳光　和谐
大路啊
你的前生该就是条条真正的卧龙

（原载于《先行者》2010 年第 6 期）

济南七十二名泉吟赞

她们走了千万年
孔子秉笔
始有泺源

我们用 72 个名字铭记她们
恰如铭记圣人的 72 位高人

黄河之滨
泰山之阴
72 名圣女织就旷世华锦

星耀大地四野芬芳
她们继而平静流向远方

（原载于 2013 年 8 月 1 日《济南日报》）

罗　珠

罗　珠（1955—　），原名刘化民，生于济南历城。济南市文联专业作家、济南市作协副主席、济南市政协第十一届常委。中国作家协会会员，文学创作一级。著有长篇小说《黑箱》、《大水》等七部，散文随笔集《静夜煨茶》，另有诗集三部，长诗两部，诗剧一部，电影剧本《黄河纤夫曲》（与人合作）等。

单一系统上的准则

阿普利亚史前坟墓
两根立柱
有力地
支
撑
着
沉重的
一块巨石

阿普利亚史前坟墓

在这最简便
最通俗的准则里
生
与

死
既相互制约
又相互遵守
阿普利亚史前坟墓

疯人院墙上的绘画

一匹从不识缰辔的蓝马
一匹腾空而起的蓝马
筋骨的情绪尚未集合
便固定下它疯狂的状态
因奔跑得迅疾
跑丢了四蹄
奔跑只是一个超前精神
愚笨的马头也被抛在身后
气喘吁吁地追赶
踏得秩序尖声嚎叫
踏烂的秩序被毕加索捡去
廉价卖给手持电棍的医生
毕加索吸着烟斗坐在壁炉前
枯瘦手指抚摸着女人肩头
于是一匹无头蓝马
奔跑在一片灰色的墙上
于是一匹无身蓝马
在追赶超前精神

罗　珠

敞开你的心房供人们瞻仰

一座古老的空屋
诱来一群旅游者
因为不收门票
于是他们争先恐后
进进出出
进去的人一脸好奇
出来的人一脸失望
最后进去的那个人
手里提着铁镐
不久
他脸上溅满了血
空手疯跑出来

水边的阿狄丽娜

我坐在坟墓的门口
有滉滉之水漫来
而你
站在紫气盎然的水边
微笑着
看我再一次溺毙

钢琴之声
修筑我的墓穴

（原载于诗集《机器兽雅歌》，中国电影出版社 1996 年 6 月出版）

宋俊忠

宋俊忠（1964.1—　），山东平阴人。济南市作家协会副主席、山东文人书画院副理事长、山东省作家协会会员、中国诗歌学会会员、山东省散文学会理事、济南市文联全委会委员。著有诗歌与散文集《玫瑰诗情》、《旅踪游思》、《心香一瓣》等。作品多次获奖。

思　念

让风的绿色邮车
驮一封沉重的湿云
滴落在遥远的南疆
那棵高高的木棉在睡梦中受孕
开出遍身枣花

于是
他就闻到芬芳的乡音了

昙　花

拒绝了太阳多情的目光
只让纯洁的爱，在心里

长久地，长久地酝酿

当我的月儿洒下朦胧的银辉
我把久酿的芬芳
瞬间为我亲爱的月儿开放

他的眼睛却被狼外婆
用一块厚厚的黑布蒙上
于是，我就枯萎成白色的
忧伤

等　待

站在夜的长街，我
静静地将你等待
你的那块窗帘
仍然雪一样洁白

怕打碎你装着梦的瓷花瓶
我不去把你的门轻轻叩开
等我爱的常青藤长满你高高的窗台
姑娘，你定会踏着轻盈的月光走来

你走得这样匆忙

外面，黑夜似铁
春雨滴滴答答地歌唱
你点燃了一支小蜡烛
火苗映红了你玉雕一样的脸庞
我还没有把你的容颜看够
你却像旋风一样地走了

你走得这样匆忙
只有音乐似的脚步声
依然响在耳旁
我的全身在颤抖
眼睛痴望着渐渐消逝的烛光
直到眼睛发涩
我变成雨滴伴着你
你却用“可恨”的伞儿将我阻挡

你就像旋风一样地走了
你走得这样匆忙
我闭上了我的眼睛
你的脚步定会响进我的梦乡

雨　梦

一朵粉红色的伞下
两朵盛开的白莲
飘在湿漉漉的小路上
留下一串水淋淋的缠绵
雨丝，真香
雨丝，真甜
愿雨，千年万年
愿雨，永远永远

辣　椒

树杈上
屋檐下
火红的音符
串串挂
唱红了农家小院
唱红了半天云霞

父亲眯起了眼睛
日子嘛
就该像这
——火辣辣

（原载于《玫瑰诗情》，山东文艺出版社 1996 年出版）

塞 风

塞 风（1921—2004），本名李根红，河南灵宝人。济南市文联专业作家，济南市作家协会名誉主席。1945 年开始发表作品，著有诗集《天外，还有天》、《北方的歌》、《母亲河》，散文集《痕》，短篇小说集《人民的声音》，中篇小说集《共同上升》等。其中《母亲河》、《痕》获济南市精品工程奖。

海 面

不见人
只见零乱的鞋子
在湛蓝的海面
滑行

鞋子
船的缩影
划一道道印痕
形状很美

海浪
有意同船亲吻
此刻的湛蓝
显得洁白无比

相互触摸
是一种信任
船与大海
犹如手与面颊

赠诗神

你曾接受过我的一个诗句，
黄河　长江
我两行浑浊的眼泪……

正因为如此，
当我重新走到阳光下
第一个拥抱的就是你

黄河的黄

黄河的黄
是太阳在河上燃烧

一泻万里之后
像淬火一样

入海了
顷刻变成了钢蓝色

赤　裸

没有一只栖鸟
深夜总是胧月一片
是欢笑或哭泣
都无人理解

好像是在痛苦地发泄
却又填补了历史的空白
日夜不息地唱着
想将失去的寻找回来

一种莫名的怅惘
竟引发出失控的狂野
一切都赤裸裸的
赤裸得令人难以捉摸

野性的单纯
只能用骚动的语言
对黄土地的溶解
不单是为了自我

浊浪使小鸟惊恐
月亮也受到感染
但到头来
黄河依旧是我的生命之源

塞　风

爱的沉淀

我不喜欢
不喜欢轻飘飘的诗句
因为我的中原
每一粒沙子都有分量

我多愿
多愿黄河是由我写的诗行
劈开中原大地
又用风沙弥合

黄河的泥沙
为何打着旋
这绝不是凶险
是爱的沉淀

中原男儿的心
同中原一样广阔
粗犷
也是一种迷人的色彩

中原
是一张铺开的稿纸
她期待着
真正的大手笔

母亲河

只要血管里的血还在涌动
心就不会变色
这你很清楚
我的母亲河

难解难分的
也只有你和我
我赤裸裸的生命
从你的子宫坠落

一根脐带
跟母体紧紧连着
我学会了
你高亢的歌

在我的心上
圣水款款流过
你黄得庄严
似对我宣示着什么

生命没有冬天
爱是看不见的折磨
只要血管里的血还在涌动
心就不会变色

蝉

你再嘶鸣
我的心也不张开

树

树秃了
叶子在护根

彼此拥抱着取暖
情，从未停止流动

我是锚

并非为了意中人
我才把风暴咬紧

只因铁的骨骼和手指
能扎透风暴的心

相 思

把相思捻瘦
瘦成了影子
影子重叠成一摞

泰 山

攀登过的
和听说过的
都在他们心上竖着

（原载于《塞风诗精选》，济南出版社 1997 年出版）

朱建信

朱建信（1956— ），山东青州人。济南空军政治部创作室主任。中国作家协会会员，山东省作家协会全委、军事文学创作委员会副主任。出版作品集18种。作品被收入《新中国军事文艺大系》、《新时期军事文学精品选》、《当代军事文学精短作品赏析》、《〈诗刊〉50周年诗选》、《中国爱国主义诗歌经典》等。曾获全军文艺新作品奖一等奖，山东省泰山文艺奖（文学创作奖），空军蓝天文艺创作奖等。

谒“四五”烈士纪念碑

苦难豪迈的现代史翻到这里
夹下一页厚硕的汉白玉书签
从此　悲壮了柔情似水的济南

在这个月份的这个日子
我读到这里
见无数红红绿绿的游人
漫不经心地把自己嵌进风景
被四月的阳光
温暖地淹没

四月
在1931年那个叫作清明的黎明
邓恩铭刘谦初郭隆真等站在这里

站在死亡和永生的临界点上
把坚硬的目光伸进黑森森的枪口
探究曙光的深度
他们高呼着至爱至恨　呼出血
去簇拥遥远的春天

喋血清明是一个残忍的偶然
绝不是为了让后人怀念
那时的历史哪一天不流血呢
枪声响过太阳就红了

我站在汉白玉碑下
仰读二十岁三十来岁的一群美丽至极的名字
一摊痰迹突然子弹般射穿我的双眼
爆响在我的第二与第三个纽扣之间
我的心好痛

……站在汉白玉碑下
一页圣洁的白帆
在四月的阳光的河流里
渡我
过人生的风暴海面

（原载于《苍穹之旅》，作家出版社 1997 年 12 月版）

朱建信

仰望或俯视（组诗）

仰 望

对于飞翔的事物
我都保持仰望的姿态
太阳，星月，排成人字的雁群
裹着闪电低飞的鹰，麻雀，乌鸦
风筝，霜降前一只蚂蚱
最后的冲天一跃，一片落叶借助风力
想重回枝头的欲望，都会从高处
牵住我的脸庞、目光
这来自低处的瞩目，我知道
辽阔高远的天空并不在意
那些凌空高蹈的事物也不需要
它们或许只是一些借口
让我举目向上，以免内心抽出的光线
总是照在匍匐的灵魂上

感 谢

感谢苦，我的甜是它给的
感谢恨，我的爱与痛和它有关
感谢醉，给我醒
感谢梦，赐我一些没有证人的经历

许多秘密无人知晓
感谢丑，让我知道美是它的对立面
感谢暗算，我整夜开着灯
睁着一只眼睛睡觉
这些习惯的养成得益于它的教育
感谢上帝并祈求他原谅
我已经学会了用伤口感谢刀锋
只是我性格执拗的手还无法做到
和经常握刀的手亲切相握
日久生情

赞　美

赞美杏树在梦里开出桃花
赞美茅草怀抱着树的高度枯萎
赞美麻雀学着天鹅的姿势贴着树梢疾飞
赞美螳螂当车，小个子草莽大英雄
赞美秋蝉在雪落之前摔碎身体里的琴
赞美人群中喊错妈妈的幼童得到温暖的抚慰
赞美还乡者在祖坟前无法收拾泛滥的泪水
赞美令路人悲痛欲绝的死给出生的妩媚
赞美大灾之年只结出了一粒米的稻穗
赞美沙粒为倒在路上的蚂蚁树起最小的墓碑
来自泥土、草根和树梢的爱和悲悯
微光闪烁的美，倘不复存在
赞美将被神献于诗的灵前
诗人的心已如期破碎

朱建信

废弃的窑洞

我想选一片土质坚硬的陡坡
掘建一孔窑洞，住进去
像穿上一件自制的土布衣服
冬暖夏凉，超厚、超宽、超大型
把我的山东媳妇接过来，改叫婆姨
夫妻俩合穿，在衣服里吃饭、吵嘴
接吻，天黑后也不用脱下来
在里头睡觉、做娃……若干年以后
如同当初掘建时移走里面的土
当我被生活移往别处，比如重新移回
济南空军大院，或闵子骞路茅屋
或别的什么地方，我就带上我的婆姨
带上我的狗娃或牛娃离开
我的窑洞还留在原处，就像此刻
我在陕北看到的众多废弃的窑洞一模一样
里面残留着一些从前的呼吸、体温
以及一些细小的甜蜜或悲伤
它们的主人已被岁月移往别处
它们陈旧、破败，窑口枯草摇曳
透过卷着沙尘的大风，从远处望过去
像晾在黄土墙边微微飘动的旧衣服
有一点亲切，有一点凄凉，还有一点点恐惧
有些窑洞已彻底坍塌，它们的主人
或许已在里面安睡了多年——
那是一些具有双重功能的土布旧衣服
生前遮体，死后葬身

一样的婆姨
一样的赭黄肤色，一样的干燥呼吸
一样的宽厚起伏的形体
恍若写意的高原地貌

上坡锄谷，下沟剜菜
呼呼作响的脚步卷起沙尘
一天不知要弯多少次腰
从几近干涸的汗腺里
从和皮肤浑然一色的黄土里
掘出生活的细小金粒
像沟底泪水一样的细流
养育两坡庄稼，用干燥的皮肉、呼吸
护住内心的水，让一个家风调雨顺
仿佛体内秘藏着一孔窑洞
安顿着馍香，安顿着汉子的疲惫
和秦腔一样高亢的笑声
以及牛娃狗娃没有风沙的童年
只有在梦里，才把手脚和汗水还给自己
当爱情、骨头里的钙和盐
被岁月掏空，一孔窑洞訇然坍塌
在某片坡上，黄土高出一尺
对应的天空降低一尺
风在突然高出的部分上
渐次雕出细小的坡、墚、沟、峁
——曾经的青春线条

（原载于《诗刊》2008 年第 11 期上半月刊）

王传华

王传华（1940. 5— ），山东泰安人，中国诗歌学会会员、山东省作家协会会员、山东省杂文学会理事。著有文艺评论集《诗意的托举》，诗集《心灵之歌》，散文集《母亲留下的回忆》，人物专访集《把贫穷赶出黄土地》，随笔集《留住历史的足音》，报告文学集《大北人风流纪实》，杂文集《冰冷的火焰》，游记集《五彩的旋律》等。

十月絮语

——国庆抒怀

1

十月，诞生了第一颗太阳。

母亲，它是你的宠儿。从此，你把一个民族揣进怀抱，走出影子，走出眼泪。

告别了祖母拄着乞讨的龙头拐杖。

推倒了祖父把月亮关在外面的黑漆大门。

掩埋了皇帝那具冠冕堂皇的尸体。

古老的不再古老。过去的不再过去。

2

哦，十月！

你提着“起来”的歌走来，走成天，走成地，走成金梦，走成经典，走成火辣辣的新生……

救世主死了。

上帝也失去了应有的高贵。

罪恶和侵害的瘟疫，像瞎子摸着围墙，踉跄着，通往摆满祭坛的墓地……

3

所有的神话，都打破了寂寞。

所有的传说，都尘封了记忆。

鲁迅的《野草》，结满了笑声。

毛泽东的《咏梅》，开不败的辞赋歌律。

哦，小平，你好！

你移动脚下的地平线，接过女娲的五彩石，给东方修补了一个黎明的缺口，又给人生沙漠种下了一片野火烧不尽的新绿……

4

哦，十月！

你站立成一座碑，沉淀着血的碑文，弥漫着远方“文明”的炮声，装满我的手，捧起你的微笑

——那是一把镰刀，收割乱云丛生的黄昏。

你，剪断一百个秋天的离愁，装满我的眼睛。那枚小小的邮票呀，寄来

捎去了失散的呼唤、湮没的期待、纯洁的欲望、凋谢的永恒……

收藏进你的目光

——那是五颗星辰，将冻僵的眷恋，温暖、偎醒。

5

哦，十月！

你的每一根华发，都牵动出一段插着鲜花的故事。

冰雪和玫瑰铺垫的路啊，竖成我的诗行，具化你的风采

——那是生长霞朵的山脉，让鹰筑巢，繁衍……

6

你，撑开衣襟的伞叶，呵护我脆弱的肩膀，遮挡我怕风怕雨的心。

你，得意了那管七孔洞箫的魔力，引领我吹奏着优雅的勇敢，去追逐蓝色的爱情

——那只衔着橄榄树叶的白鸽，飞来飞去……

7

十月呀！

吻热你的惦念，那是一挂红帆，鼓荡着季风，染醉鸥鸟的乐园，涨满海的情绪……

十月呀！

领受你的恩惠，那是一棵高大的天堂树，摇落的汗珠，尽是捡拾不完的宝石、金币……

十月呀！

拥抱你的仁慈，那是一张船票，迎来送往，把地球村的手臂挽在一起。

8

哦，十月！
我的旗帜！我的母亲！我的心灵家园！我的孕育出新生代的沧海呀！
——我原是一尾进化的鱼儿，情愿被罩进你的网底……

（原载于1999年9月27日《人民政协报》）

魏　新

魏　新（1978—　），山东菏泽人。济南市作协理事，《都市女报》编辑部主任。著有长篇小说《动物学》、《我将青春付给了你》、《命运教我变魔术》，历史随笔《水浒十一年》、《东汉那些事儿》等。作品获首届泉城文艺奖。

骑着自行车到瑞典去

骑着自行车到瑞典去
沿途经过西藏地中海和耶路撒冷等地
穿越阿富汗的时候我得多加小心
别让天上掉下的炸弹砸伤右脚
我还要多准备一些馒头咸菜
分给那些无家可归的孩童
从而证明我还是个善良的人

骑着自行车到瑞典去
看看那些波斯猫一样的北欧姑娘
我担心她们会突然爱上我然后
给我生一堆混血的儿女
那样我会为户口问题头疼所以
决不允许她们坐在我的后架上

骑着自行车到瑞典去

领取那个发明炸药的家伙发明的大奖
我会换上一件自己最体面的衣服
在闪光灯前尽量装得镇静
一本正经并且不能咳嗽
奖金多数几遍接着兑换成人民币
买包好烟再给前轮的车辐条换两根新的

骑着自行车到瑞典去
向前向前向前我们的队伍向太阳
我每蹬一圈就写出一首诗歌
我每写一首诗歌就等于又蹬了一圈

骑着自行车到瑞典去
这肯定不会是太遥远的事
我就这样一边幻想一边给自行车打气
骑自行车上班目的就是为去瑞典锻炼

（原载于《诗刊》2002 年第 2 期下半月刊）

阿富汗农民在吃草

喝一口可乐
咬一口汉堡
盒饭不香就倒掉
对了，就倒给阿富汗农民吧
他们现在正吃草

魏 新

战火刚刚熄灭，土地还在干裂
他们把青草做成的饼揣到怀里
放好，放好
这是过冬的干粮
这是上苍赐予的、唯一的
收成

我从报纸的封底看到他们
双眼无神，像一群饥饿的山羊
而他们的兄弟姐妹
已经在饥饿中绝望地死去

一个小男孩的肚子肿成了孕妇
父亲指着这张图片
说自己小时候和他一样
那是在 1960 年

2002 年，阿富汗农民在吃草
他们匍匐在冰冷的土地上
庄稼颗粒无收
我坐在写字楼内的电脑前
为一个减肥药设计广告
喝一口可乐
咬一口汉堡
盒饭不香就倒掉

（原载于《极光》2008 年第 2 期）

我的表和你的表差五分钟

我的表和你的表差五分钟
你七点五十五的时候
我已经八点了
我掐灭八点的烟头
你才摸出
七点五十五的打火机
我比你快
也比你提前结束

对你来说新闻联播
或许在六点五十五分开始
我却很有可能
七点五分才能看到
你比我慢
却比我早

如果我们的表一直走下去
这一生我都比你快五分钟
约一个相遇的时间
你来了
我刚走

五分钟，可能有一阵烟花
灿烂地开放，又熄灭

我没看到
你也没看到

（原载于《极光》2008 年第 2 期）

如果我有 N 棵树

如果我有 10000 棵树，我必定
守护这片森林一生。禁止采伐和狩猎
我每天写诗，小心翼翼地
掐灭烟头。大声唱歌，不担心走调
秋天收集落叶，记下它们落下的日期

如果我有 100 棵树，足以遮挡住整个心灵
我可以躺在树荫下，观察风向。它们像
100 个爱我的姑娘，我摸着树皮
走来走去，或者找一个树洞
倾诉我的欢乐和痛苦

如果我有 10 棵树，刚好搭一座房子
剩下的材料做家具。我把我爱的姑娘娶回家
在木头的香味里做爱。直到白发苍苍
儿女们推开门走出来

如果我有 1 棵树，我会做成独木舟

带好足够的淡水，在盐水上漂泊。去荒凉的孤岛
也可能去繁华的港口。无桨无舵
一路随地大小便。如果遇上海盗
我便加入，成为其中最会写诗的一员

如果我有 1/10 棵树，仅仅一根树枝
弯成一个帽子的形状戴在头上，遮阳避雨
还可以夹在腿间幻想成一匹
意象主义的马。奔腾在失传的草原

如果我有 1/100 棵树，从中间
削成一双长长的筷子。昨天的食物
放到嘴里面。我只能含着
咽不下去

如果我有 1/10000 棵树，生命中最后一根火柴
擦出一丁点光亮。我将灰烬埋进泥土
用泪水浇灌，希望能
长出 10000 棵树

（原载于《诗刊》2005 年第 7 期下半月刊）

一个俗人的账目明细表

每月工资 1000，300 吃饭
200 交际，100 读书

和买盗版影碟。衣服鞋袜加一堆
平均 50 吧
抽 2 块一包的大鸡烟，每天半包
再减 30，这 30 可以用稿费抵销

还剩 350 存起来，一年 4200
15 年可交一套商品房的首期
如果房价上调，就得 20 年
20 年中，工资涨一点，减 3 年
患病，要加 5 年
感冒发烧，康泰克 10 元，感康 12
青霉素吊瓶 50
无法避免天灾人祸，1 份保险订单
再多加 5 年

27 年后，搬进新家，暂不装修
月还贷款 1000，那时候肯定结婚了
这 1000 算老婆的。交际费从 200 减到 50
吃饭从 300 加到 500。千万别有孩子
买超保险避孕套 50，一旦失败
人工流产 450，生下来
每月奶粉 200、不吃奶了学费 100
学费 300、500、3000、5000……
如果是儿子，就不考虑他的房子了
如果是女儿，还要从满月就积攒嫁妆
其实现在，扣除每月
房租 200、水电费 50
存折只能增加 100。并且

增加的条件是
所有的没结婚的朋友都不能结婚
所有结婚的朋友都不能有孩子
所有有孩子的朋友家里
都不能有任何闪失
所有的路都只能步行，即使
骑自行车，也不能在外面打气

这样才能保持每年 1200 的数字
和血压一起慢慢升高
10 年 12000，50 年 60000
60000 就是一辈子的积蓄
虽然对某人来说，只是半辆轿车
一次出国旅游、两台等离子电视

除了骨灰盒 200、火葬费 400
请用剩下的 59400 买一片荒地
把一生的痛深深地埋了吧！

（原载于《诗刊》2005 年第 7 期下半月刊）

云　亮

云　亮（1966. 10—　），本名李云亮，山东章丘人。中国作家协会会员。著有诗集《玻璃心》、《四种抒情》、《云亮诗选》、《深呼吸》和长篇小说《特殊统计》、《媳妇》等。

麻　雀

泥土的乡下一派天然
太阳从早晨爬上房顶
傍晚，高翘的檐上还滴着
淡淡的阳光味
檐下住着麻雀。此刻
它们的叫声早已跟天色一样
模糊不清了

若是白天，很容易在幽静的场所
找到它们
一些无忧无虑地散步
嘴里反复念叨同伴的乳名
一些无故打起瞌睡
天空在它们微闭的眼角摇摇欲坠

其中的一只突然飞临树枝
其余的不加思索地陆续跟随

树枝开始下垂
终于发出不祥的警告
麻雀还是一只只飞来
树枝断了它们也不怕
反正它们有翅膀

树枝继续下垂，眼看
就要忍不住那一声撕心裂肺的呐喊
麻雀们张开翅膀
顷刻弹向四面八方
树枝整一整凌乱的衣衫
面孔平静得像什么都没有发生过

（原载于《诗歌月刊》2002 年第 11 期）

想给父亲做一回父亲

父亲老了
站在对面
像一小截地基倾陷的
土墙

国庆节我从单位赶回老家
父亲混在村头的孩子中间
固执地等我
父亲对我的态度越来越像个孩子

我和父亲说话
父亲一个劲地点头
一时领会不出我的意思
便咧开嘴冲我傻笑

我和父亲一同回家
胡同口的人都扭着脖子朝我俩看
有一刻
我突然想给父亲做一回父亲
给他买最好的玩具
天天做好饭好菜叫他吃
供他上学，一直念到国外

如果有人欺负他
我才不管三七二十一
非撸起袖子
揍狗日的一顿

（原载于《人民文学》2003 年 3 期）

知 了

一万只鸣叫的知了里
有一只是我早夭的小姨
慈眉善目，红颜命薄

抱树而栖的神态
像一次贪婪的吮乳

七月的天空热浪翻滚
一万只知了在浪尖上引吭高歌
谁能从一万种声音里辨出
我那早夭的小姨
谁就是我这一生至亲的亲人

热浪翻滚鼓荡着天空
我的小姨流落于七月的一棵树的枝上
小小的叶子，小小的祖护
我的小姨露在阴影外面的翅梢
像一把刀磕下的锋利的刃

草木疯长的七月啊
请不要，不要责怪我早夭的小姨
赤日炎炎烧炽了天庭。请允许她
把短暂的一生没来得及说出的话
一口气说出来

（原载于《星星》诗刊 2005 年第 6 期）

船在西湖

船一离岸

船夫的腰杆就硬了
他摇桨，一点点地
把我们拱向湖心
西湖早就没有心了
西湖的心
被南来北往的游客带走了

我们带着自己的心来
我们不喝十五块钱一壶的茶
我们敞开胸怀
看西湖能把我们的心
泡出什么味道来

西湖真大啊
率领那么多干净的事物
把我们收拾得安安静静的

老大给我们讲故事
讲黑白年代
一个出身不好的男学生
和一个女学生
终究没有走到一块的爱情
什么时候老大变成船夫了
一桨一桨
把我们摇进我们的心里

老大的故事真闷啊
把我们的心

泡得涩涩的
泛出的苦味在眼睛里躲闪
把那么大的西湖
都弄模糊了

（原载于《诗林》2007 年第 4 期）

雨

从天上挤下来的雨
又在人间挤
把我挤到檐下
把我挤进屋里
一个没有天空的人
离梦想多远

雨婀娜着腰肢挤我
雨亮起眼里的灯挤我
雨舞动我惧怕的潮湿挤我
雨含着就要摔落地面的凄楚
挤我

挤不到我的雨
自己与自己挤
雨与雨挤成水了
水与水挤成河了

河与河挤成湾了
在我的记忆中
湾迟早要干涸的

到屋里来挤我吧，雨
把我挤成水
把我挤成河
把我挤成湾
让我在抵达干涸的途中
珍惜你渐渐微弱下来的
挤

（原载于《十月》2009 年第 4 期）

深呼吸

吸气，吸进一个人
把她的鞋子呼出来
把她的衣服呼出来
把她染在头发上的颜色呼出来
一个赤裸的人活在你的肺里

到春天走走
拿鸟语花香喂养她
少喝酒
小心醉后把她弄丢了

戒烟吧
把肺收拾得干干净的

一个人活在你的肺里
把她需要的吸进来
把她呼出的呼出去
闭上眼，她不声不响走出来
和你并肩躺在一张大床上
她的身子
跟你希望得一样洁净

你的呼吸一天天减弱
终于停下了
肺里的人还活着
和你一起爬烟囱
天那么高
你们追赶着往上爬
唱一支熟悉的歌
下面的人扬起脸往上看

（原载于《十月》2009 年第 4 期）

小树林大森林

那晚，我和你
在学校南边的小树林里谈恋爱

云　亮

小树林很小
小得只能容下我和你两个人

这边有人说话
我们往那边躲
那边有人说话
我们再往这边躲
每一次躲避
我和你都从小树林里掉出来

你不高兴小树林了
说咱们出去吧
我说出去就出去
我和你在外面走
走啊走啊，走进一片大森林
至今还没有走出来

（原载于《诗刊》2009 年第 11 期）

漠　地

驼队拄着铃声融入风暴
沙漠，仙人掌，退缩一隅的绿洲
竭力高举起一只鹰的飞翔

猎人打磨雪亮的情歌割断了谁的脉管
夕阳鲜红！十八只海碗

依次排过狼烟的戈壁

一声长嘶卡在土崖胀裂的喉咙
这是漠地，这是否就是大地最初
或者最后的面目

人群的气息飘过落满风尘的沟壑
汉子的精血熄灭幽幽磷火
迷失的少女在穿孔的骨骸前
发出一声源自心底的呼喊

背对大漠，我们所能记住和幻想到的
依旧是驼队拄着铃声融入风暴

（原载于《中国作家》2010 年第 6 期）

高洪波

高洪波（1951— ），内蒙古自治区开鲁县人。1979年开始发表作品。历任《文艺报》记者部副主任、《中国作家》副主编、中国作协副主席、中国作协书记处书记、《诗刊》主编等。出版有儿童诗集《大象法官》、《吃石头的鳄鱼》、《鹅鹅鹅》、《喊泉的秘密》、《飞龙与神鸽》、《我喜欢你，狐狸》，散文集《捕鼠记》、《悄悄话》，评论集《鹅背驮着的童话——中外儿童文学管窥》等。儿童诗《我想》、散文集《悄悄话》分获第一、三届全国优秀儿童文学奖。

情系百脉泉（组诗）

梅花泉

树上的梅花
是傲冰雪的奇葩
水中的梅花
是傲天下的美景

五眼泉水
就这样无休止地喷涌
在章丘　在清照故里
日日夜夜　倾吐着

清澈的激情

梅花泉　梅花泉
一朵是豪放
一朵是婉约
一朵壮怀激烈
一朵报国心切
还剩下一朵　汩汩流泻
印证它的
唯有这　悠悠岁月

章丘的梅花泉
看一眼　仅仅一眼
便足以傲视
整个世界

墨　泉

黝黑如墨的泉水
大朵大朵地喷出
云朵映过
蝴蝶飞过
辛弃疾和李清照
肯定也掬饮过哟
岁月就在这喷泻中
闪过了千百年

千百年的墨泉

激越依然
滋润这齐鲁大地
每一棵古槐　翠柏
每一根大葱　青蒜
生于斯地长于斯地
最后以血肉营养了
这片古老的土地　墨泉
激烈中有平静
豪放中有婉约
呐喊中有叮嘱
黝黑中有洁白

谁的笔堪蘸此泉水
书写齐鲁大诗篇？
且风流蕴藉　文采焕然
问墨泉　泉不语
快乐地流向人间……
——这正是最好的答案

百脉顺畅曲

人有脉才跳
地有脉聚财
山有脉峥嵘
国有脉慷慨

有脉才有水
有水才有爱

百脉顺畅神气爽
迎得万紫千红来

百脉催百花
百花开不败
章丘有宝泉
宝泉佑万代

人有脉　人气旺
地有脉　地气来
山有脉　山崔巍
国有脉　运不衰

百脉泉水清
水脉通百脉
清泉携得欢乐至
百脉喜迎大时代

泉水催新诗
诗花映日开
章丘过后不看泉哟
看泉能不忆百脉

（原载于《山东文学》2003 年第 12 期）

柏明文

柏明文（1973.5— ），山东济南人。济南市作家协会全委会委员。著有诗集《潮汐和风》、《七人诗选》（合著）等。有作品收入《中国诗歌年度精选》。

卖报的女人

每天　她都会站在路口
等着有人来买报纸
当我接过报纸的时候
总能感觉到指尖传来的体温
如果她是我的母亲
我会落泪　并且也会拿着报纸
在风中叫卖

汗水流过脸颊
她微微张开的嘴唇里含着饥渴
含着一个下岗女工的忧伤　我看见
她把午后的时光放进篮子里
提回家去给孩子喂奶煮饭

每次买了报纸　我总是匆匆离去
在相同的暮色里　推开家门
母亲　微笑着接过我的外衣
用她的双手为我拂去一天的灰尘

一年中的第一天

这个冬天如此吝啬　仿佛
攥在穷人手里的一把沙子
在彻骨的冷还没有到来之前
总要留下一些金属和食物填满胃

一句话　一个地址都能把这一天推开
但是它却来了　带着齿轮的速度
一年中的第一天　满载着乘客的车辆
你一招手　它就会停下

也许　只有在彻底的遗忘之后
废墟里才会打开长满风景的天窗
把我们的影像折射成光
然后　映射出一生中某个绝望的瞬间

（原载于《诗歌月刊》2003 年第 2 期）

焰　火

焰火是
时间之灰、火药和水晶碎片
在人群中仰起头　我在等着

柏明文

炫目的花朵缓缓落下
欢呼声就在耳边　焰火
升上夜空的时间
就是一个人离我而去的时间
它给我什么也不想的力量
给予花朵凋谢　给予烛光炙热
这炙热灼伤了我

焰火
是一个想看世界的人
俯视一切　却又将最美的丢弃
将灰烬散发给众人
红颜不会过眼
我也不会再看到比焰火更美的脸

焰火是迷恋
还有很多时间　在一棵树下等你走来
繁华的人生场景下　看着我
让我哀泣　让我用双手蒙住脸
焰火就会落在海面上
让我下沉

（原载于《星星》诗刊 2003 年第 7 期）

当青春的热血渐渐冷却

当青春的热血渐渐冷却

我的骨头已经没有力气
同是天涯飘零人　又何必执手相送
有多少往事可以重来
唯有两行清泪　缓缓滑落

那些在时光中哭泣的脸
已恢复平静

那些在尘土中倒下的身体
会缓缓闭上眼睛
没有多少时间可以挥霍
命运的烛光随时都会熄灭

大地上的爱意仍在散播
它给迷途的心灵指引方向
有太多的心愿还没有完成
有太多的歌声还要倾听

（原载于《芒种》诗刊2006年第1期）

河　流

大地上有很多河流
其中一条　是属于我的
在河边走着　任何事情都会出现
一个人的精神世界如此寒冷
但是身体却向往着温暖

我恨自己在河水中看到了
曾经的哀怨和挣扎
而河流却始终记着
一个人的好和坏　良心和愧疚

漫长的旅途
还有很多事情难以预料
可是我不再孤单
无论经历多少痛苦　都已坦然

（原载于《21世纪中国文学大系·诗歌卷》，2006年1月版）

仙人掌

谁能比它更适合阳光
每一片手掌　都伸向天空
它在索要什么
一种简单的生存方式
只要有雨水就可以生长
从不因孤独而忧伤

渴望自由　拒绝抚摸
它的根阅读着大地的宣言

一滴血　缓缓流过指尖

它的刺坚硬而锐利
要怎样躲闪　才能躲开
它箭镞一样的锋芒

（原载于《山东诗选30年》，中国文联出版社2008年出版）

镜中的女人

一个镜中的女人
让所有的风都吹向镜子
夹着尘埃　草籽　花萼
她呼吸着清晨的空气

镜中的场景除了灰烬
还有她多次燃烧的声音

镜中的女人有着微弱的呼吸
她和冥河比邻而居
不是在水中也不是在船上
她时刻都在赶往救赎的途中

（原载于《芒种》诗刊2009年第1期）

王夫刚

王夫刚（1969.12— ），山东五莲人。中国作家协会会员，首都师范大学驻校诗人，山东省农业干部管理学院客座教授，山东省作家协会签约作家。著有诗集《孤岛上的地方主义》、《粥中的愤怒》、《正午偏后》和诗文集《练习册上的钢笔字》等多部。作品获第二届齐鲁文学奖。

钟表之歌

我的童年曾经离一块钟表很近
我的童年，曾经在钟摆上
晃来晃去，像另一个孩子
在秋千上寻找快乐
我喜欢母亲，和她给钟表上弦的
时刻：越拧越紧，发条
越拧越紧，我的心
母亲抚养着我的童年
需要上弦的钟表
用半个月换我一个节日
我还喜欢夜晚，尤其冬天
那突然响起的钟声
仿佛洞穿了漫漫长夜的寂静
黑暗和乡村的秘密
我一次次竖起耳朵

等待，倾听，情不自禁地
附和着：一，二，三
有时候我以为我是唯一的失眠者
有时候我看见了敲钟的人
拿着锤子，在贴满年画的
墙壁上，敲打
但母亲不让我接触钟表
不让我打开时间的门
她站在凳子上，一下紧一下地
拧着，钟表的位置
长久无物取代，光阴
好像一堆偷梁换柱的齿轮
去年回家，母亲告诉我
这表，走得还算准时
就是嗓子哑了。一定是敲钟的人
出现了问题，母亲
敲钟的人，你可惊讶

（原载于《诗刊》2003 年第 11 期）

暴动之诗

作为事件他们被写进了地方史
愤怒的岁月里他们杀死地主，烧毁寺庙
占据山中的高处，掷出长矛
石块，和用尽霰弹的猎枪

他们没有旗帜，没有纪律，没有
死亡的经历，出于偶然的杀戮也不是
他们渴望的生活。日暮时辰
有人像壮士一样在山峰上走来走去
有人望着落日，暗自沉默

作为事件他们被写进了地方史
作为战场，我家乡的石头至今镌刻着
无人领取的弹痕。许多年后
许多事情已经改变——像他们
获得意外的光荣但全然不知

（原载于《诗刊》2005 年第 5 期）

轻描淡写

喝酒之前他们不让我朗诵
喝酒之后
他们不听我朗诵——

新年敲响江湖的大钟
没有月亮的夜晚，允许诗歌
在山东抛锚

啊，我有杯盘狼藉的
表情，他们却爱

杯盘狼藉的人生

那个夜晚之后，还有
很多夜晚；那次误会之后
误会获得了性别

幼兽来不及相爱就开始撕扯
黑暗，长着两只
他们没听说过的耳朵

就这样吧：怒吼的幸福
使拖拉机浑身颤抖
也值得我继续等待

（原载于《诗刊》2010年第4期）

在北方的海边眺望无名小岛

我好像从来没有接近过那无名的小岛
我喜欢远远地眺望。有时候
我行走在山区，以为大地变成了
起风的海；而山峰恍若浪中晃动的
岛屿。在北方的海边
眺望，那无名小岛是孤独的
那海天一色美丽虚无。面对大海
我渴望表达的东西太多了

王夫刚

面对大海，我做着拥抱的姿势
却不想让又咸又凉的海水溅到身上
啊，我和时代羞于出口的意图
保持着多么惊人的一致

在北方的海边眺望无名小岛
如果我闭上眼睛，一切都将消失
如果我沉默，如果我始终沉默
将不是大海占据我的心
从一个小岛开始，我不断地
添枝加叶：无名，眺望，海边，北方
我甚至想到了沧海桑田
但是，在北方的海边，除了眺望
和放弃眺望，我不知道
明天会发生什么：慢慢衰老的
耐心，慢慢地洇出了盐渍
曾经的爱和期待变成了
无名小岛下面那看不见的部分

（原载于《诗刊》2011年第6期）

冯国华

冯国华（1964.11— ），回族，山东德州人。中国少数民族作家协会会员，中国诗歌学会会员，山东省作家协会会员。著有诗集《你和我的梦幻》、《你和我的跋涉》、《你和我的呼唤》、《秋水无声》、《生如夏花》等五部。

拈花微笑　携手飞天

彩云追着弯弯的新月流光闪动
七月初七曼妙的夜晚
飞鸟们在集体合唱
夜莺幽然地抒情
星星与星星的传说
演绎着七世因缘的神话
天使落入凡间
给大地增添着缱绻
牵牛与织女的故事
一代一代传颂
让心怀摒弃尘世的杂念
在星辰采摘无极的淡然
心灵荡漾的情怀
浓缩在银河之外
飘逸着永恒的纪念
拈花微笑　携手飞天

（原载于《诗刊》2004 年第 6 期）

原有的目的

将时髦的学说扩散
因为其他目的　滋长许久
理性教化的心　蠢蠢欲动
脚步被流行　引入歧途
灌满脑海的概念
守望　无法逃离的现实
柔弱　见到世界冰冷的眼光
卑微　听到世界轻狂的嘲笑
因为世界的冷漠
才没有背弃原有的目的
因为世界的压抑
背负着辛酸　崛起
冷冷的夜　心不会落魄
长长的街　飞雪再飘过
超然的情怀越飞越远
访遍万水千山穿过岁月

（原载于诗集《生如夏花》，作家出版社2004年出版）

陈 忠

陈 忠（1960.4— ），出生于济南。中国诗歌学会会员、山东省作协会员、山东省散文学会副秘书长、济南市作协主席团成员。著有诗集《在夜的旷野上》、《二重奏：羽毛一样轻舞》（二人集）、《漂泊的钢琴》等。《漂泊的钢琴》获济南市首届泉城文艺奖。

斯大林大街上的有轨电车

斯大林大街上的有轨电车
像一个旧玩具，站在车窗前的女孩
散漫地叼着一支香烟

她的姿势，让我想起一部苏联的老影片
那个穿着裘皮大衣的女孩
在冰天雪地里，用贵族的眼神
蔑视了革命，也蔑视了她童年的爱情

烟蒂飞出去了，带着一道烧焦的弧线
有轨电车继续咣当着
像一个患了哮喘病的老人，在春天

［该诗收入《网络新诗年选（2001－2005）》，首都师大编］

陈 忠

印度夏天的雨

夏天的雨，在窗外，在遥远的印度洋
的北面，下着。我抽着香烟
在音乐的安静里，慢慢地舒适和沉静着
不知道你是否也在喝着咖啡
感受到了我秘密的呼吸

空气中散发着咖喱的味道
炎热，潮湿。穿着鼻环的印度少女
已静静地穿过繁花如织的河岸
唇边挂着的一丝微笑
在灿烂的雨季，让我的记忆变得更加遥远

哦，热带丛林的龙舌兰
带着扼住呼吸的气味，让我突然想起
一个等电话的男人和电线杆上
的寻人启事："我离得你很近，
你却离得我很远……"

（原载于2007年《当代世界华人诗文精选》，美国天涯文艺出版社出版）

巴黎在下雨

巴黎在下雨。喷泉。拉丁区
一个没有结局的故事
在地铁出站口，突然丢失
被风吹乱的秀发，像你紊乱的思绪
我坐在护城河边的咖啡馆里
像一条童话里的鳟鱼
擦肩而过的人
就像疾雨中找不到窝的蚂蚁
一闪即逝，踩着滑板的少年
从斜坡上拐入雨中的小巷，擎着雨伞
的少女，蝴蝶一样精致
路边有一把空座椅，已被雨淋湿
哀伤的大提琴，从隔壁缓缓流淌出来
一辆红色的童车，与白色
泛黄的石墙，形成鲜明的对比
我看见雨果和卢梭，就站在广场那里……

（原载于《诗选刊》2007 年第 5 期）

魅之惑

它让你的幻觉弥漫成烟雾。让你的感伤
像远方的白桦林，在下沉的水里
紊乱成摇晃的样子

它让你在黄昏里看见一匹白马，再离你而去
让你的惆怅像落地的桃花
渐渐地，染上一种相思
让你再也离不开伤心之地

它时而轻柔地滑过你的苦闷，时而狐步舞般地
让你轻飘如云，然后
让你抱病而归
并且，心怀感激

（原载于《山大诗选》，山东友谊出版社2011年9月出版）

大风突然刮起

风刮了起来
你不知道它从哪里汇集，又将刮向哪里
它是暴力的
穿过驯顺的大地
它劫掠到的不仅仅是

桥梁、村庄、森林、溪流与飞禽
它是迷茫的，是丧失理智的
它一路刮下去
舔舐着所有卑微的生命
让一张张无奈的面孔变得更加空虚
你把自己紧紧地关在房间里
像关在一个密封的罐子里
但你依然能感觉到它的无边无际
即使你对挤尽门缝里
变形的风毫不在意
它依然会扭曲你安身立命的情绪
它劫掠大地的牙齿
同样也会在你岩石一样的心上
留下咬过的印迹

（原载《山东文学》2013 年第 6 期下半月刊）

路　也

路　也（1969—　），山东济南人。中国作协会员，济南市作协副主席，济南大学文学院副教授。著有诗集《风生来就没有家》、《心是一架风车》、《我的子虚之镇乌有之乡》，散文随笔集《我的城堡》，中短篇小说集《我是你的芳邻》，长篇小说《幸福是有的》、《别哭》等。作品获齐鲁文学奖、泰山文艺奖、人民文学奖、《诗刊》第三届华文青年诗人奖、《诗刊》新世纪十佳青年女诗人奖等。

山　上

我跟随着你。这个黄昏我多么欢喜
整个这座五月的南山
就是我想对你说出的话
为了表达自己，我想变成野菊
开成一朵又一朵

我跟随着你。我不看你
也知道你的辽阔
风吹过山下的红屋顶
仰望天空，横贯南北的白色雾线
那是一架飞机的苦闷

我跟随着你。心窸窸窣窣

是野兔在灌木丛里躲闪
松树耸着肩膀
去年的松果掉到了地上

我跟随着你。紫槐沉默
蜜蜂停在它的柱形花上
细小的苦楝叶子很像我的发卡
时光很快就会过去
成为草丛里一块墓碑，字迹模糊

我跟随着你
你牵引我误入幽深的山谷
天色渐晚，袭来的花香多么昏暗
大青石发出古老的叹息
在这里我看见了
我的故国我的前生

晚　安

晚安——
当我们彼此这样说的时候
电话线在风中轻轻地荡了一个弯
我楼下的茑萝早就合上了眼睑
你屋外的水菖蒲用外省口音打起轻鼾
我们相隔的上千平方公里啊
在半明半暗中笼罩着淡雾和轻烟

晚安——
这两个字的韵脚可用来催眠
使心跳和血流慢下来，使骨骼里的钙积淀
使大脑像广场那样空，使我的子宫像花骨朵那样饱满
在黑暗中消除着疲倦
晚安——
梦这只蚕很快就咬破躯壳和棉被这两层茧，从中飞出
而那些还没来得及飞走的
会把填满谷糠的枕头沉沉地压扁
晚安——晚安——
一条大河和一条大江的中下游平原连成一片
被我们当成大床
在上面手拉着手一起入眠

忆扬州

来一盘煮干丝，两个狮子头，一壶碧螺春
如果没有琼花露，那就上两瓶茉莉花牌啤酒吧
我们喝了一杯又一杯
这是我和你的扬州

何必腰缠十万贯，只需揣百元钞票
何须骑鹤，只需乘高速大宇
就有勇气下扬州

这是在梦中，有你的梦中，十年一觉的梦中

窗外千年的绿水悠悠
积压发霉的诗词生成砖缝中的苔痕
历经无数个烟花三月的是那些阁那些寺那些亭
我说，我想把弹琴当功课，把栽花当种田
而你呢，就去做一个文章太守

当微醉之后摇晃着走在石板路上
我相信这个夜晚的明月是从杜牧诗中
复制并粘贴到天上去的
哦，请告诉我，告诉我哪是黛玉离家北上的码头
我们这样沿着运河走，在到达宾馆之前
会不会遇上微服南巡的乾隆

水杉啊水杉

我爱你们，这些长长的道路两旁的水杉
我第一眼望过去的时候，就爱上了你们

我爱你们的高，你们的瘦，你们的直
你们的彬彬有礼，你们眉清目秀的好年龄
你们的愁肠和多情的身子骨
还有像烟一样轻灵飘逸的神情

潮湿的大地通过你们
进行深呼吸，并与云彩联络着感情
身上的细长枝叶能排列出无数象形文字

你们这些舞文弄墨的才子啊
在江南妩媚的天空下一路风光，浪得虚名

你们不知道，那路旁开蓝色小花的鸭趾草
也为你们害了相思病
我心口的一颗痣正因激动而颜色加深

为你们，我远离了我的杨树的故乡
是的，我承认，我曾经深深地爱过白杨
它们在郊外一排一排地站立，像是豪言壮语
每棵树都有沙沙作响的青春
苦命的麻雀栖落在它们的肩上

在爱过白杨之后，现在我竟又开始爱上了水杉
并心甘情愿成为这里的囚犯
我要沿着这条两旁长满水杉的乡间道路一直走下去
能走多远就走多远

木　梳

我带上一把木梳去看你
在年少轻狂的南风里
去那个有你的省，那座东经 118 度北纬 32 度的城
我没有百宝箱，只有这把桃花心木梳子
梳理闲愁和微微的偏头疼
在那里，我要你给我起个小名

依照那些遍种的植物来称呼我：
梅花、桂子、茉莉、枫杨或者菱角都行
她们是我的姐妹，前世的乡愁
我们临水而居
身边的那条江叫扬子，那条河叫运河
还有一个叫瓜洲的渡口
我们在雕花木窗下
吃莼菜和鲈鱼，喝碧螺春与糯米酒
写出使洛阳纸贵的诗
在棋盘上谈论人生
用一把轻摇的丝绸扇子送走恩怨情仇
我常常就这样回到古代，进入水墨山水
过一种名叫《沁园春》或《如梦令》的幸福生活
我是你云鬟轻挽的娘子，你是我那断了仕途的官人

（原载于诗集《我的子虚之镇乌有之乡》，长征出版社2006年出版）

山　坳

秋天正在破产，颜色更加鲜艳
大地的身体里打捞出了一座宫廷
这个在地图上尚未标出的地点，我喜欢

周围山岗耸立，现在已走到了最凹陷的位置
天是静止的，云是清虚的
溪头那座破旧的亭子应当写进县志
身边的大青石可用来醉眠，这些我都喜欢

那阳光的恍惚，南飞的绿头鸭的哀愁，石板路的蹉跎和蜿蜒
山那边传来一辆拖拉机突突突突的埋怨
我也喜欢

如果你唱段京戏，用长腔把我绕进去，让我回到出生以前
让我的身体一咏三叹
我会更加地喜欢

芦苞芙小溪

每天，芦苞芙小溪紧挨木屋细长婉转地吟唱
虽然附近的伊利湖觉得自己更重要

从我家到你家，芦苞芙小溪应是唯一道路
我们把桨划得既工整又对仗

早晨微雨只润湿了野百合的草裙，可忽略不计
溪水被两岸高大的枫树林感动，永远清凉

追日的夸父射日的后羿肯定没到过美洲
新大陆的太阳也新，明亮得足以掩去前半生的悲伤

水中倒影跟外面那个同样地好
木船正轻轻揭开河流的绸缎衣襟

听，啄木鸟在工作，把树干当成办公桌

这里有着一种远离政府的寂静

滑翔的蜻蜓蝴蝶跟我一样，有闲，没有钱
伸手够到酿造哲理的野葡萄，风把话留在早红的叶子上

蜜蜂在水边的杜鹃花上做着祷告
它们并不劳动，只是想做做花间派

睡莲开黄花，用英语讲《金刚经》
把天空讲得越来越蓝了

好不容易绕过横卧水面的朽木
一群在蓼草中隐居的野鸭又将木船阻挡

湍流处，桨漂走，仰倒朝天大笑，看云在天上跑
整个美利坚都晃动了

到达溪水尽头那个湖时已是黄昏
西天得了大奖，颁发一大个金奖章

刚绕过一个小岛，天地衔接处就盖了封印
月亮孤单的身影打动地球的芳心

萤火虫也有国籍，灯油比中国的要多些
我们掉转船头回家，快快回家

家门口燃起火把，隐隐照着航程
淮扬菜已端上露台，整个宾夕法尼亚流下了口水

孙方杰

孙方杰（1968.8— ），山东寿光人。中国作家协会会员，山东省作家协会诗歌创作委员会委员。著有诗集《我热爱我的诗歌》、《逐渐临近的别离》、《钢铁是怎样炼成的》等，诗合集《七印张》、《诗歌组》等。

一只蚂蚁来到树上

一只蚂蚁来到树上，
这是立春之后的第一只蚂蚁，
它为大树送来了春天的消息，
喊大地从冬眠中苏醒。

一只蚂蚁来到树上，
它和大树有了一个秘密的约定。
每棵大树都有飞翔的理想，
才从大地升向天空；
每一只蚂蚁都渴望看得更远，
所以才来到树上，频频地
目测树梢与天空的距离。

恍然间，我看见了自己
童年和少年的我，向着一棵树的顶端
奋力地爬着……而今

我已人到中年，仍没有爬到
一只蚂蚁所爬上的高度。

（原载于《诗刊》2007 年第 12 期）

谢　谢

谢谢，我知道父母的养育。
谢谢，我知道兄长和妹妹的情意。
我知道春风催生的树林
庄稼和野菊花，心里都有着
无法言说的欢喜。
我知道水和水草哺养的游鱼
蝌蚪和红泥鳅，
在甜蜜地安居乐业，互相说着小小的幸福……

我知道，我站在桥上，我的行旅
不会孤独。我知道桥对面的果树林里
一群蜜蜂穿上了桃树的花嫁衣。
我知道，我看到阳光和果树林的时候
我已经拥有了甜和蜜，
那么，蜜蜂啊，我也要对你说一声
谢谢！

（原载于《诗刊》2007 年 12 期）

孙方杰

早　安

我想向你说一声：早安
再离开这个房间
这时你还没有醒来，儿子也还在睡着
在你们细微匀称的呼吸里
有着茉莉花清淡的芳香

我每天早起，把自己投放到
与命运的抵抗和挣扎中
我陷落红尘，无法解开
福兮祸兮的羁绊，我命若稗草
一刻也不敢停止奔波

没有人能够看见我心灵的孤寂
和绵绵不休的忧愁
我常常被糟糕的事情逼进一个死角
咬紧牙关，并强装笑脸
我每天早上出门，带着紫罗兰般的呓语
晚上归来，衣袖上
常常粘着千里之外的灰尘

每天早上，我都会默默地凝视你一会儿
然后，轻轻地拉开一小段窗帘
走出很远了，我仿佛听见了
你睁开眼睛的声音，那透进玻璃窗的阳光

替我说了声：亲爱的，早安

（原载于《山东文学》2013 年第 5 期）

九寨沟

我正在经历一次感动，高崖上的那些
瀑布，一块巨大的帷幕
仿佛脱缰的白马一般，飞腾而下
在层峦叠嶂的群山之中
放纵着自己从小就任性的脾气

我在经历一次感动，山谷间的那些
海子，那是群山的一面镜子
将绿树和我的影子叠在一起
又分得那么清晰，显得那么庄重，圣洁
湛蓝湛蓝的水里，仿佛住着菩萨
很容易让一个人遁入空门

在九寨沟，我仿佛找到了一些词的来历
譬如水湛蓝，譬如水碧绿
再譬如水像翡翠一样温润
有人指着一处海子说：你看
谁在水里打开了笼子，那么多的鸟儿在飞

生活在水里的鱼，游过来，游过去

闪着金光的鳞片，在一团白色的棉花里闪光
那是映进水里的几朵白云，漂着
晶莹剔透，而又辽阔，深邃

我深深地敬佩九寨沟的宁静与壮阔
很是希望在这里悄然消失，汇入这份通透
与澄明之中。然后，怀着活佛才有的心
在跳跃中降落，在蒸腾中升起

（原载于《诗选刊》2013年第1期）

说　谎

我已经忘记了我说出的第一个谎言的内容
因为一个谎言，需要25个谎言来圆
25个谎言需要125个谎言来圆
125个谎言需要……来圆
因为我需要不断地自圆其说
因为每一个谎言都有漏洞
这就需要不断地修补，填充
像一面漏洞百出的墙壁，一个拙劣的泥瓦匠
不断地向上糊着泥巴。最后我需要一个弥天大谎
来掩盖我所有的谎言
为了编撰谎言，几乎耗尽了我所有的心智
和生命

（原载于《诗探索》2013年第1期）

孔　燕

孔　燕（1954—　），出生于北京。济南市作协理事、山东省评论家协会理事。著有诗文集《声音在空间穿行》。

你喜欢什么不重要又重要

你喜欢什么并不重要又重要
你喜欢什么就把什么放大
比如一粒沙一滴水
放它刚好遮住你的瞳孔
再比如一枚树叶上细弱的叶脉
你喜欢它，那枚叶脉
就放大成枝蔓一样的河流
河流上有船
或者树叶上有瓢虫躺卧
听夏夜不倦的蝉声起舞
因为叶脉和河流一样重要
叶脉和河流一样富有光泽
叶脉和河流颜色不一样
却一样舞动着光泽
光泽在那里生长——
一点一点
闪着光影生长

孔　燕

在十字路口生长
按着季节的轮回
在那开阔的十字路口
碰巧光泽和叶脉邂逅
就映出光和河流的反光或光泽
那种光泽——
那种树叶和河流跳动的光泽
就在你心里眼里
变成潜行的光流

下楼梯

——忆及杜尚《下楼梯的裸女》

下楼梯
下楼梯
用极平常的速度走下楼梯
思绪中
忽有念想闪现
楼梯拐角，谁在等待

有谁在那儿
张开手臂等待
等着的
哪怕是个逝去的身影
——一双年轻的身影
存放在楼梯拐角处许多年

都让我增快速度

飞也似的跑下楼梯
——其实只是一瞬的念想

那只一瞬
《下楼梯的裸女》
就跟随杜尚
在我身边演绎

那裸女正飞速走下楼梯
仿佛延展一个快镜头
或者慢镜头
又仿佛身着时速衣装
只在一瞬　被光切割
然后呈现
身体的几何视觉

下楼梯
下楼梯
下楼梯——

（原载于《山东文学》2007 年第 11 期）

林之云

林之云（1964.3—　），本名赵林云，河南人。济南市作协副主席，山东政法学院教授，北京师范大学特聘研究员，山东大学、山东师范大学、山东艺术学院硕士研究生导师。著有诗集《时间之心》、《夜晚之心》，散文集《红细胞》，文化专著《百脉泉史话》等。作品入选多种选本，并获鲁藜诗歌奖、泰山文艺奖、泉城文艺奖、极光诗歌奖等。

云

大海的明镜
映出朵朵雪白的表情

风的手指
轻抚山头飘动的薄纱

翅膀飞过
唤醒一片纯洁的虚心

夕阳回家
披着满身绸缎的彩霞

天空的怀里
若有若无，是永恒的淡淡的乡愁

（原载于《极光》诗刊 2008 年第 1 期）

高速公路

一辆车
接着又一辆车
呼啸着从我身边
疯狂地掠过

他们就像
一个
又一个杀手
怀揣利刃
足下生风

很多次
案情就那样发生
猝不及防
血肉横飞
或者同归于尽

有时候
我也险些成为
杀手中的一员
因为我
也经常超车

事实上

那些杀手
本来并不想成为杀手
可他们一上路
就被速度雇佣

（原载于《夜晚之心》，中国戏剧出版社 2008 年出版）

牙科医生

戴着口罩
他再次撑开一个病人的嘴

麻醉剂的谎言
帮他，瞒过一段真相

别人吃饭的工具，供他糊口
他的日子，是按颗数的

他的目光
在张开的嘴里，是里面的疼

终于又拔下了一颗新牙
紧咬着自己的牙关

他的牙，不一定很好
却全都充满同情

（原载于《夜晚之心》，中国戏剧出版社 2008 年出版）

在某机场

让所有的飞机瞬间飞走
只留下你

让所有的飞机都降落
别带走你

在天使的忙碌中
所有忙碌的人都停下来

你露出笑脸
包裹都变成了玩偶

你成为新娘
所有的柜台都变成家具

让安检的警报全都响起
那祝福的汽笛

让陆续到来的客人都扔下行李
成为婚礼上的客人

（原载于《夜晚之心》，中国戏剧出版社2008年出版）

还　原

墙壁倒下来，还原成砖
砖，还原成碎块
水泥掉下来，加上雨
还原成水和泥。泥石流和石头
还原成凶手。房屋坍塌
死在地基上，村庄披头散发
还原成无边的荒凉

电停了，还原成下午
接着是黑夜
信号断了，还原成呼喊
呼吸停了，还原成静寂
笑声没了，还原成哭泣
哭声消失，还原成紧咬的牙关
哭声又起。这是爱的还原，从远处漫过来

骨头断了，还原成血
目光还原成盼望，双手还原成工具
走动还原成艰难的爬行

大人倒下了，还原成睡熟的孩子
孩子死去，还原成最小的祖先

生命倒下，还原成虚无

生活倒下。又还原成站起，向前继续

（原载于《山东文学》2008 年 10—11 月合刊）

访济南作家书店不遇

他从那里出来时，一车新运来的
古董和石头，正在门口卸下

那家消失的书店，在半年前
还是这城市里，几个诗人常来的地方

在那间门口，他来来回回好几次
现在回想起来，才仿佛是最后的告别

他的惆怅，像是一本打开的书
因光线变暗字迹模糊，而被迫合上

他喜欢的事情，本来就已所剩不多
这个下午，这一次，又少了一件

文化市场退得越来越远，在他身后
紧跟着，落得越来越低的夕阳

（原载于《时间之心》，中国文联出版社 2010 年 12 月版）

秋天的早晨

醒得最早的，是昨夜的落叶，接着
是树上的鸟鸣，落在它们羽毛上的光
很快又被带回空中，梦里的生活
被卖报人、水果商贩和清洁工
陆续带到了马路上，公交车，从一个地方
到另一个地方，救生艇一样，搜寻着
从暗影里走来的乘客，在闹市区，某条辅道上
一辆旅游车已发动，即将驶进黎明
被众多失眠症患者和我，刚刚遗弃的黎明
仿佛一枚纯白的叶子，落进这个日子的开端

（原载于《时间之心》，中国文联出版社2010年12月版）

在今晚的夜光下

今天是一个古老的日子
今夜的天空长满雪白雪白的胡须

今天　只有李白和苏轼们
在看不见的高处唱歌
他们杯中的酒溢出来
打湿流浪者的眼睛

轻手轻脚的月光
今晚步履沉重
在故乡的屋顶行走
母亲从梦里起身　念叨着
把一件御寒的秋衣
披在我遥远的心上
窗外　到处是洁白的羽毛

今晚　所有的河流
都朝家的方向淌去
无数的乡愁
都堵塞在去月亮的路上

（原载于《时间之心》，中国文联出版社 2010 年 12 月版）

赵　峰

赵　峰（1965. 11—　），山东平阴人。中国民主促进会会员，现为济南市作协主席团委员。著有散文集《就是那么回事》、《谋生纪事》等。

在灾难面前（组诗）

——汶川地震后的思绪

一　政府与百姓

余震未已，风险尚在
中国政府领导人第一时间走进震区
和百姓站在一起
让世界看到了一个民族的凝聚
中国在这里站成了一道铜墙铁壁

二　默　哀

人民，中国人民站起来了
每一个生命才有了完整的意义
敬重人，尊重生命不再空洞
中国，为一群平凡的生命下了半旗
此时，每一个中国人才真正拥有了

属于自己的一撇，一捺

三　莒县农民志愿者

最为朴素的一支队伍
朴素得近乎不知道怎么说明自己的目的
一辆同样也是最为朴素的三轮农用车
最低级的三轮农用车里却装载着最为高尚的灵魂
一颗颗滚烫的心啊
穿越千山万水
搭载着质朴的深厚情谊
没有豪言壮语只知道多支几顶帐篷
为灾区兄弟多挡一点风雨

四　乞丐的捐助

那是最为纯粹的倾其所有啊
他捐出的是一个完完全全的自己
把整个自己搁上仁爱和道义的天平
让所有的财富顷刻间失去了重量

（原载于2008年5月30日《济南时报》）

戴小栋

戴小栋（1963. 11—　），山东济南人。中国诗歌学会会员，中国作家协会会员，现供职于山东省人民政府机关。著有诗集《三度空间》、《高处玫瑰》、《冷香》等。作品获山东省第二届齐鲁文学奖和第九届上海文学奖。

吹　拂

一下子安静了下来
只有懒洋洋的春光和间或几声镇定的鸟鸣
涟漪般散去：泪水，尖叫，奇异的沃根葡萄酒响动
抬起头来，源于亡灵的美从两腿间一掠而过
幸福是孤独的，极度的幸福更加孤独

万物复苏后，旗杆，花匠，布谷鸟
和其他一些春天的事物散落在另外的棋盘上
一些树吐出新蕊，一些鸟独自飞翔
但它们都不能驱散内心的喧嚣。行走在刀锋上的三月
头发蓬乱的人正眯着眼睛独自领受

来自冥界的吹拂：这吹息清澈剔透持久
这吹息年轻俊美销魂
这吹息如破冰蚀骨之刀
荡涤席卷冲决了一切藩篱

金属杆

金属杆横亘在又一个春天的前面
我上前一步握紧它
握紧迅即而来的寒凉

与天空保持 T 字形
不动声色。顺便拉直不能再弯曲的脊骨
悬浮。飘升。春天的原野上
响彻着亡灵们次第而去的脚步
突如其来的光，鹰一般盘旋着
一辆汽车突兀地站立在面前
黑色的表情——一种阴影
沿丁香花开的方向渐行渐远

悬吊着，目睹倒卧的钢铁躯体一点点冷却
怀念它刚刚周祭的主人
再也不会返回的事物。悬吊着
在越来越寒冷的金属杆下
在前生和今世巨大的峡谷中间

戴小栋

痕

重新回到销魂的小岛。乐音再现熟悉的汹涌
像烟花一样温暖地散开，缓缓洒落下来
灵魂出窍的一瞬间，中年人光滑的脊背上
正行走着无数个快乐的小精灵

强行驶过，一片狼藉
痛苦扭曲的脸和骨头碎裂的声音
通向 45 岁的春天，柳絮例行翩飞花草依旧葳蕤
树枝努力地弯向大地，更多的女人拥挤在情感泥泞的路上

痕已褪尽。时间的大表盘正常行进
池中蟹匍匐在既定的模式里，窗外
黄昏正在消逝

乌云向西

乌云以巨大的板块西移
站在骤起的狂风里，我忧伤恍惚不能自持
凶讯，虎兕一般在天空张开獠牙
燕儿惶悚的表情跌落下来
没有心情再从容面对一场秋雨了

乌云继续缓缓向西
大地上紧握的事物被吸附而去
梧桐褪色。心跳停了下来
总是在黑云压城之际爱情戛然而止
不断叠加的死亡拥堵在每一个秋之门

（原载于《上海文学》2008 年第 11 期）

清浅的春寒（组诗）

旧时月色

从容生活，如草生堤堰
——叶芝

乐音在暮色中渐行渐远。冬天
又一枚酸涩的坚果
从含了许久的嘴里吐出来
存入记忆的行囊，肩胛轻松了许多
曾经轰鸣着扶摇而来的箫声
就这样一点一点扶摇而去了

在枯水季节
瀑布不再从云中跌落
风情的海浪沿秋风指引的方向

咆哮着奔袭而来。箫声悠扬
但悠扬的箫声里自始至终有令人不安的芬芳
总会有眼睛在睡梦中出现
总会有很多人走来走去的气息
时间是飞鸟掠过的影子吗？可许多
如影子般虚妄的情愫退潮后
周围重又清晰起来
寒风停止了对枯枝的摇曳
黄昏也不再把孤独的雀儿遗忘在

黑夜。重新回到地面的第一件事
就是把你攥在手里，紧紧地
午夜过后，室内的水声进一步弥漫
墙上的灯影斑驳起来
外面，是又一个朗照的月夜

多好的旧时月色啊
泅渡过去，又看见了许许多多斑驳的冬季

秋水斜阳

祥云散去。高大的梧桐牵挽着围拢上来
表情深不可测，远处的楼宇
被隔绝成另外的可能
秋声摇曳，清澈的寒潭上舞动着
茫然无措的光晕。很快
将不再有淡远的天空了

那时，从窗口望出去
惊雷正滚过八月的大地
轻薄的酒自明晃晃的酒器飞溅
矫情的台布，过眼的红颜，窖藏于心的秘密
洇湿开去。笑浪一排排淹过来
遮住了箭羽飞逝的声响
其实，滂沱的秋雨又能改变什么呢

在黄昏凝视倦怠的游鱼
一些苍凉的记忆沉溺在水底
风，缓缓地迫近
高柳晚蝉，说西风消息

寂 静

看到鹊立于枯叶飘零的枝头
知道又一次跌入冬天的底部
统一的铁灰寒冷，统一的凄清
一辆微型汽车泊于命定的

虚空。12 月 31 日，疲惫的羊尾巴
沙沙地拖完了一年的路
无助的纸花盛开，时间静静地喧哗
狂飙过后，女人重新把冷漠做成茧
或者刺，挂在依然矜持的脸上
一条绳索被想象着松开
下落，银针触地的声音清晰可辨

这个冬天，相爱的倦了，求生的死了
十二盏枝形灯粗劣地悬于头顶
灯下，是一些剩余的亲人

要起风了

阁楼，狭窄的楼梯
脏兮兮的小菜依次落座
顷刻间另一场欢宴粉墨登场
大伙各就各位，表情团结活泼

叫燕子的女孩飞不起来
不仅是因为她的丰腴
在土拨鼠贪婪的眼睛里
她袒着双乳，像一位春来茶馆的女主人
酒令渐渐激越，回荡在更加颓废的
空气里，一些飞翔的记忆碎砖块
开始磕头碰脑

感官休眠。黄色的夜雾降落之前
楼下的小贩已收起门板
一只警醒的猫，用肥硕的目光
紧紧守住了楼梯口

敲　打

敲打，持续的敲打
如屋檐上的春雨不绝于耳。停放

在春天的路口，这些赤条条的生灵
搓背的师傅甩一把汗
继续清理档间张挂的毛芋头
那些最后睡眠的葡萄

又一个春天
又一批浆果般鲜嫩的身子
又一茬在春天如约开放的女人花
哧溜一声，一只滑脱的盘子
滑出了洗浴大厅，沿结茧的记忆一路滑过去
彼岸的亡灵们正慢慢坐起身来

敲打，叫魂一般的敲打
继续着生死的敲打

（原载于《上海文学》2006 年第 11 期，获第九届上海文学奖）

普　珉

普　珉（1962.6—　），祖籍四川，出生于北大荒。济南某学校语文老师。著有诗集《光阴的梯子》等。

一个幻想

你们从时光中向我走来，
弯曲的冰面，绿漆刷出的植被，
一个孩子追随着你们，
他画在白桦树上的小人小狗都活过来了。
一条条如环的白桦树皮，
旋转在水晶的中心，
世界像一个口袋翻出它的里子，
你们从时光中走出来。

风暴的呼啸远若呼吸，暴雪如花瓣落下，
只有记忆的光柱让天空辽阔，只有星辰
意味着遗忘的空间并没有消失。
劳动的姿态，力的虚线，
笑的跌宕，你们的一生
简化为一盘残局里的棋子熠熠生辉。你们
从时光中走向我。而一个孩子

最终跑在了前面，直到他和你们一般高，

直到你们消失在他身后，黑暗又来，
时光的珍珠锁进蚌里。
你们从时光中走来，也消失在时光里，
你们只是把他送给了我，
而我只是在马路边刷绿漆，在绿漆上写诗。

（原载于《诗歌月刊》2009 年 1 月刊）

收　藏

一

哈巴的初冬，比一只坛子更宁静。
一样宁静的阿穆尔蔚蓝在晨光中。
黑色火山石上，阿良人的图腾
依约若浮冰，阿良少女闭着眼睛。

她闭着眼睛超然于灾难和凶煞之上。
而幸福，并不需要看见了才能拥有，
幸福是大马哈鱼年年贡献的鱼子酱。

你祈祷在渺茫的岁月之外，
巫师刻下你的脸庞，
他省略了五官，
优美的曲线一直在暗中明亮。

二

我和你，浮现在这里。
光，浮现在这里。
泥土的幽暗，钻石的尘埃，
跌宕出笑的火苗、骆驼的铃声，
仿佛高悬又漫长的水渍线，都在命名这里。

可这里，无以名之。

我和你，孤独的巢穴，铭记这里。
一如繁华的梦又遗失在梦里，
这里的飞鸟，这里的花朵和果子
也消失在这里。消失了这里。

我和你，浮现在野兽之上。
云雾依约在这里，只是恍然之际，
太阳和月亮——
光的深渊，冰的渊泉——
出自这里，出自你的身体。

这里无以名之，你就是这里。

你就是这里，不论你在何地，
你都是这里。我为你打造门，
我为你开掘，有河水
的地方就有路，就有门——

巨石之门、树木之门、金属之门……
云雾的门飞行在天上。

从此，不论我在何地，
都可以跨过门槛走向你；
而万事万物也涌出门来，
涌出你，涌出这里。

三

劳民伤财的时代，日益衰减的野兽，
游移在穷山恶水中。可怜的自由
是在走向死。衰老的还有
时间，已经生锈。
时间不倒流，科技赠给我们吃垃圾的野兽。

四

空虚不是幅员辽阔，是星星
也填不满的领域。

我们把土地扔进去，
把海洋扔进去，
把地球扔进去……
忘了也没用，
我们把自己扔进去。

如果只有一个地球，

我们并不知道末日；
如果还有另外的地球另外的人类，
那正是我们的安慰。

五

我们祈祷上苍已经万年，
上苍成了纸板、水泥墙和彩钢。
上苍，我们堕落到今天，
用铆钉就能找到和你的关联。

我们在箱子里，
你就是箱子；
我们去了箱子外，
你还是一只箱子——
已经被抛弃。

上苍，你真的是一只箱子，
你也在我心里，
你真的已经被抛弃，
那我们就一起沦落在黑暗里。

（原载于《诗歌月刊》2009 年 1 月刊）

吕仁杰

吕仁杰（1982— ），笔名文杰，山东济南人。济南市作家协会会员、中国散文学会会员、中国诗歌学会会员、山东省文艺评论家协会会员、山东省东西方比较文化学会副秘书长。在报纸、杂志发表散文、诗歌及幼教类作品百余篇。

雪

窗外雪花飞舞
静谧中
寒风也变得温柔
轻轻抚过空旷的大地
舞动了满天的晶莹
朦胧中
你向我走来
手相握的瞬间
已交换了款款真情
一如飘飞的雪花
纯洁
无瑕

吕仁杰

玉兰花开

夜晚的玉兰显得更加
清纯和娇艳
微风吹来，芬芳怡人
它静静的、淡淡的
没有绿叶的映衬
她依旧是那样的美丽
那样的宁静
洁白
像是一位白衣少女伫立在那里

喜欢玉兰犹如喜欢百合
她的宁静、高雅、朴素
她的洁白
洁白得没有一点瑕疵

雨后
走进这个园子
带着一股泥土的气息
开的是更加的娇嫩、狂放、热烈
香气逼人
让我留恋在这花的海洋
拥抱春天，醉倒赏花人

阳光下
开满了花

风　景

不同的时间定格了共同的风景
只是在那一刹那找到了彼此的共同
也许即将成为回忆
锁在记忆的文件夹
存储卡里那定格的瞬间
却始终挥之不去
这一切的缘来却是为何
人生如戏，戏如人生

人
都在扮演着什么角色
也许有了开始
就意味着终结
当体味到她美丽时
却难以放手
人啊！总是个矛盾体
那共同的风景能欣赏多久
只知道今晚的秋风很凉
很凉

敲响了串串风铃
昨天听到的
不敢相信自己的耳朵
明天，还会这样吗

也许该走下去，继续去寻找美丽的风景
也许该停下来，欣赏秋的美丽
也许不该相信那些美丽的故事
也许，也许，也许

去年的那个秋天又来了
明年，后年，还有很多
因为我们思绪，没有停下，在不断地成熟
这个夜晚的思绪很长，何时才能到天亮

心灵的季节

这个黄昏
优美的旋律
难以言尽的感觉
曾经幻想色彩斑斓的世界
一个期待已久的故事
沉醉了

徘徊在那个十字路口
伤感
无奈和期待占领了心的深处
它是否会被岁月镂空
会消逝得无影无踪
还是会化为一缕清风

迷失在那个
开满鲜花的地方
期待着
通往心灵深处的小橘灯
能永远照亮
那个美丽的季节

（原载于《山东文学》2009 年 8 期）

张　成

张　成（1968—　），山东宁阳人。山东省作协会员。《联合日报》社委委员、总编助理兼文化中心主任，山东省将军书画院副院长，民盟山东省委文化联络委员会副主任。诗歌入选《山东30年诗选》，散文入选《1978－2008山东30年散文选》。

自由星座

一

十二条道路延伸延伸
在不可测的天幕深处
滚动滚动
大摆祭品

无边的暗，穿透没有屏障
的时间之水
祭品中的鱼
自由地游动

美德传布四方
高山，闪烁的眼睛
少女的笑脸如旗帜飘扬

多么悠远多么深厚
手掌，我的兄弟
清风中翻动那一片竹简

我沉浸于这一片无边的暗
倒悬的心室不停地旋转
我是自由星座的化身
我将最终消失于上升的炊烟

二

在我短促而轻微的歌吟之后
谁将踏上这一片水域
我是海之子
我却要歌唱整个土地

请讲吧，迷途的小人儿
这大片的土地是你的粮食
这大片的水域是你的生之源

是谁，引你来到这里
远离你的土地和水域
荒芜的云丛找不到路径

我沉浸于这一片无边的暗
倒悬的心室不停地旋转
我是自由星座的化身

我将最终消失于上升的炊烟

三

我的离开造成了巨大的空缺
在海底的深处
有我骨肉分离的痛苦

这是一条崭新的路
我渴望完美的融合
一种初始的回归

这是医治伤口的灵丹妙药

不停地滚动滚动
我是海之子
精卫是我古老的妻子

我沉浸于这一片无边的暗
倒悬的心室不停地旋转
我是自由星座的化身
我将最终消失于上升的炊烟

四

这一切轮回
这一切咒语
这一切美妙的歌唱

这一切痛苦
这一切挣扎
这一切无法看到的荣光

啊，我是海之子
我命中注定要流浪

我沉浸于这一片无边的暗
倒悬的心室不停地旋转
我是自由星座的化身
我将最终消失于上升的炊烟

（原载于《中国文学》2009 年第 10 期）

空　城

日子扁了
心暗了
街灯明明灭灭
马路寂静无声

脚印贮满往事
微风撩乱记忆
空空的心
进退失据

张　成

这个时刻来临
上帝的宣判
让死亡获得新生

星星睡着
灵魂醒着
竹影摇曳残月里
伤心气味漫空城

夜闻布谷

布谷鸟叫了
凄凉的声音划过城市上空
唤醒了沉睡的噩梦
月明星稀伤口沥沥
回声荡满空空岁月
穿越千年定格执手之日
那时云霞烂漫
那时春风翩然
那时樱花开满窗前

布谷鸟叫了
望帝春心庄生晓梦
那一切与我何干
心空空地等着
忧伤着
背转身去

狠下心把良辰美景错过
再不归来

（原载于《山东文学》2010 年第 1 期）

延安朝圣

太阳高悬在头顶
我加入朝圣者的行列
去品读你尘封的历史

每一棵草尖的呼吸
都传达着浓浓的情谊
每一个掩体的记忆
都述说着生动的传奇

从杨家岭的窑洞到枣园的幸福渠
从凤凰山的枪林到王家坪的弹雨
小米加步枪
击退了四围的黑暗
镰刀铁锤旗
扭转了历史的轨迹

分析旗帜的材料
我发现
旗杆　是用正义、良知和忠诚的精钢打造

旗子　是用来自四面八方沸腾的热血凝聚
年轻的面孔　年轻的心灵
年轻的步伐　年轻的思绪
在旗帜下汇成一股
浩荡的革命洪流
敬礼！——
“自力更生，艰苦奋斗”
敬礼！——
“鞠躬尽瘁，死而后已”

不必细述南泥湾的垦荒
不必细述青化砭的战役
窑洞前的纺车嗡嗡响个不停
是周总理比赛又得了第一
棋盘上的棋子攻守有序
是朱老总、彭老总
楚河汉界鏖战正急
大礼堂的灯光彻夜不息
是七大代表们
正讨论着关于中国命运的决议……

一切　都那么清晰
一切　都充满活力
当和平鸽在天安门前飞起
这一切
安卧在时间的一页
深刻在每个朝圣者的心里

宝塔山上

仿佛一株老树
参悟古往今来的兴衰沉浮
仿佛一柄钥匙
开启通往光明之路
搂定你的那一刻
激动了多少诗人的心
泪水　模糊了双眼
家的感觉　弥漫
而你却是如此的肃穆
任凭风剥雨蚀
依旧气定神闲

今天是最幸福的日子
我终于能
瞻仰你的容颜

（原载于《山东文学》2009 年第 7 期）

王 川

王 川（1965.9— ），生于济南。现供职于《联合日报》。著有《绍兴背影：品读周作人》等。作品入选《中国诗歌年选2011年选》等多种选本。

完 成

完成自己，或者一切
我总这样说
生命只是一次燃烧到灰烬的距离

就像道路磕磕巴巴的坦白和
蹒跚行走的步态
休止于倒毙的一刻

就像——
路边的荆棘
忍受着空气的疼痛
认真地数完
每一声树枝于夜晚的呻吟
就像死亡的梦魇
突然再次闪耀
照彻夜空的合拢
和星辰的冷却

就像一个冬天的暴风雪
鲜花般遮蔽了青春的荒野
你隐藏在我隆起的皱纹里
——那些肥沃的土壤
像时间一样令我羞耻

就像痴呆的思想者
举着乌合之众的旗帜
踩踏着一个个注定消失的词语
独自面对没有自己的年代

就像庄子
一度爬进我的窗口
魔术般让几个字在打开的书页里站起来
朝菌不知晦朔
蟪蛄不知春秋。
然后变作一只干枯的蝴蝶
掉进楼下的垃圾桶

完成自己。就像在茫然的笑声里
抖动快乐的身躯，抖动
肉的寒战
就像——
在城市盛大的觥筹交错之中。

王　川

呼唤或 J. K 酒吧

在岁月之后什么都不能醒来
一棵树的呼唤延伸到遥远的雨季
就像思想时常挥动一片软弱的手掌
再也无法招来瘫软在时间深处的词语

生存还是死去　这是一个问题
于是，我们只能选择暂时放弃
这华丽的转身
闪现于一个个霓虹伸缩的夜晚
人们在勾栏瓦肆间与历史相遇
脱下沉重的衣服犹如摘落枯黄的树叶
恰似昂贵的假酒穿上娼妓的外衣

在这里呼唤不用嘴巴而用勾动的食指
形而下的生存扶摇作形而上的欢愉
人们为一个干枯的冬天买醉且不断喃喃自语——
看吧在那镀金的天空中飘满了幸存者湿滑的肉体

醒来，抑或早已成为一种期许
在失去了种子的土地上——这轰鸣着酒香的城市
车流与雾霾挥霍着离去者的信息
——那些梦游的人们　进入雨季的人们
心中还珍藏着多少花朵的碎片——它们
在尘埃浮游的黎明一隅在酒杯倒落的桌台转椅
依然像散落在黑夜里
那被冻裂的星芒与飞溅的泪滴

突然　一树丁香

突然
一树丁香
在大地上开放
它孤独地站在那里
开放　猛烈地舒展着芬芳

我看到
她尽了所有的努力
用一个短暂瞬间的诉说
席卷了冬日
所有的荒凉
她在诉说满腔的泪水啊
以最绚烂的颜色
以凝然却又晃动着的哀伤

我看到
在暖流和蜜蜂揉乱的线条中
被春天唤醒的
旋即被春天遗弃
她徒然耸立着
惊愕地伸展着臂膀
似乎刚刚等来的拥抱
化作了渐行渐远的凝望

王 川

等待依然还寒的那场细雨
那就枯萎沉重地落下吧
在归于泥土之前
把垂死的眼睛还有张开的嘴唇
慢慢地轻轻地闭上

（原载于《21世纪中国文学大系：2010诗歌》）

谢兆水

谢兆水（1973.10—　），中学高级教师，山东省济南市历城区教研室副主任，山东省特级教师，山东省美育研究专业委员会副秘书长。曾在《山东文学》等杂志上发表作品多篇。

等不到的天荒地老

已渐退了浪潮，
没有气力再去争吵。
一起构划的梦想，
就任由它慢慢缥缈。
你已不是过去的你，
那些誓言也就不再重要。
从此放开那些煎熬，
幸福只偶尔能够预料。

我清楚地知道，
背着负担无法逍遥。
给我一个拥抱，
又给我一程寂寥。

我无意再作比较，
付出多少都曾美好。
那些忽近忽远忽清忽乱，

任它就此混淆。
我无意再作比较，
不爱了就应该忘掉。
虽然还会有些纷扰，
已等不到我们的天荒地老。

（原载于《山东文学》2010 年第 12 期）

醒　悟

你说
一生的路，戛然间结束。
你的泪水至少可以说明，
你曾经真的在乎。
一个男人竟难担负亲手描绘的幸福，
就任由那个梦随风而舞。
然后在日日夜夜，
细数无奈与无助。

没有永恒的幸福，
偏永远追逐。
在奢望与失望之间醒悟，
青春是怎样荒芜。
一个女人习惯用泪倾诉，
虽不是害怕孤独。
一步一步细细回顾，

还沉溺于那些呵护与搀扶。

不是那些誓言的错误，
总会有日落日出。
在平凡的日子沉沉坠入，
好像少了炽热与炫目。
在花开的时节忘了花谢，
纵不甘心悄然落幕。

会有新的旅途，
相信仍彼此祝福。
让那些爱与痛都成为财富，
才不负曾真心付出。
或许还有交集，
这世界已更清楚。

纵然不再是彼此的全部，
那些曾经熟悉的音符，
任由它云卷云舒。

（原载于 2012 年 8 月 17 日《鲁北晚报》）

断了爱

月
被锁在阴霾

心
笼罩在悲哀
风吹乱暖暖情怀
泪太多就会成灾
再谁追问
结果已改

人
已在千里之外
情
何苦留下心债
谁还月下独徘徊
断了——就不再爱
谁担得动寂寞如海

门，
还是没有开，
沉沦无望无助无奈。
结局无非好或坏，
就留给时间去猜，
该或不该，来或不来。

曾经以为放手就不会伤害，
时间能把一切分解成空白。
竟不是，
轻叹的一声感慨。
只在别人看来，
不必再去依赖。

梦，
还澎湃，
没有什么能打败。
尽管早已不是传说的精彩，
偏偏还在心底有太多期待。
春来花亦应再。

（原载于《人文天下》2013 年第 6 期）

谢明洲

谢明洲（1947.3— ），河北任县人。历任《黄河诗报》编辑、编辑部主任、副主编，山东省文学研究所副所长，《时代文学》执行主编，《新世纪文学选刊》杂志社社长。中国作家协会会员，山东省散文学会副会长，中国散文诗研究会常务理事。著有散文诗集《蓝蓝的太阳风》、《更高处的雪》、《空酒壶》、《风景掠过》，诗集《悲剧方式》、《读画诗章》、《门前的冰》，散文集《坐读时光》、《爱与漂泊》、《早晨的金子》，随笔集《一滴幸福》等。作品曾多次获奖。

怀念一盏灯

确实非常遥远。此刻，在北京的黄寺大街，我怀念着一盏灯的照耀。

风渐寒兮。树叶们正从暮秋的枝间飘落。

我怀念一盏灯。

怀念一些细微又粗粝的幸福。

因了距离与时间的遥远，那灯的光芒反而更加地明晰和强烈。

祖父的名字是一盏灯。

它是一种不容拒饰的俯照，点亮我童年的缤纷万千的梦。

云起云落，雾聚雾散，季节轮回。

时光的水，流啊流。

天地间的事物有一些浓浓淡淡地流逝。

所不变的是，故乡的土地上依然繁衍着祖父曾经播种下的谷物。

的确是很遥远了。
许多旧事已落叶般散失在初冬的暮色中。
通往深山古寺的栈道也已是苔藓遍布了。
禅，在云与时间的更高处，美丽而缈遥。
我只怀念一盏灯的照耀。
只怀念祖父的素朴无华却又至高无上的光荣。

红　花

一朵花，红红的颜色，不深也不浅。
远远望去：
如同游移在晴空下的一把伞；
如同流水上漂浮着的一叶扁舟；
如同至善至纯又至美的一个童话。

多少次，梦被夜露打湿。
多少次，心被黎明唤醒。
一朵花，红红的颜色，不轻也不重。
站在河边，站在路旁，站在阳光下，站在风雨里，站在季节与时间的深处，
等待着。

红花是最初也是最后的诗章。
掩不住的文字激情与想象在花瓣间熠熠闪耀。
至善至纯又至美，一朵红花，她从未许诺过什么。却

对一个漂泊的诗人送上暖暖的笑意——
红红的花，是一位特别的天使。

风来了，
诗人谛听到了一串仓促的脚步声。
红红的一朵花，去了远方。

白桦林

在遥远处，那一片记忆中的白桦林。
在俄罗斯的大地上，在列维坦激情与天赋涌动的不朽画卷中，
那些树，在夏天
把密密而翠茂的叶子，把比谎言高出许多的梦想举起来。

是谁说过，给梦一把梯子，给鸟儿多一些飞翔的空间。
而白桦林，却把一种不可言喻又不可企及的、足够让整个世界敬畏的浩瀚坚毅布满西伯利亚。
雾霭漫漫。
云絮悠悠。
诗者一次心动，为了记忆中的那一片白桦林。

秋天渐渐地深了。
列维坦在白桦林中散步，他看见，金黄色的叶子落下来，如同
时间之书一页页落下来。

咖啡的征服

其实，说到底
那是征服。咖啡，以一种特异的味道渗入到欧洲文化之树的
每一片绿叶，
每一截枝丫，
每一条根须。

说到底，那是一种如同阳光流动一样的征服。
咖啡豆，在黎明或者黄昏，被研磨成黑色粉末，被研磨成一种火药，
继而引燃诗人的激情与想象，让文学让梦想开始旋转——
于是，伟大的名言诞生了：
“我不在家，就在咖啡馆；我不在咖啡馆，就在去咖啡馆的路上。”

沉静的咖啡。
沸腾的咖啡。
飘忽不定的咖啡。
让人欲醒还醉的咖啡。
时光的锁，永远无法禁锢它无岸的，
如同阳光流动一样的征服。

旧梦被风吹远

旧梦的花瓣，如暮秋的苇絮，一点点被风吹远。

被风吹远，还有那一颗心。
点燃一盏灯不容易，点燃一颗星更不容易，而点亮一颗心就愈发地难了。
点燃了，又想把它吹熄，或许需要用一生的时间。

渐渐地，诗者让他的诗句在想象中浮升起迷雾。
等待的爱，像五千年一样漫长。
旧梦被吹远，心被吹远。
它们在风中亮着。
古典的忧郁在风中亮着。

所有的美丽都在经历着漂泊。
黎明和黄昏只是擦肩而过。
诞生和消亡只是擦肩而过。

旧梦被吹远。
心被吹远。
忧郁被吹远。
它们，以及古典抑或新潮的爱，在风中亮着。

黎明的豌豆花。
曦光将至。
豌豆花连同它的模糊的紫色之梦被一阵微风吹拂。
些许凉意又一次弥漫。
弥漫又一次些许的甜蜜。

以善良相许，把手伸给这个将至的黎明。
伸给在这个黎明将得到曦光宠爱的豌豆花。
夜色正在匆匆遁逃。

无以计数的秘密裸露出来，美与丑裸露出来。

曦光渐渐浮升。
豌豆花开始披上一层斑斓缤纷的晨光。
它把自己的梦留在了身后。
它看清了自己的美德正晶莹着迫不及待地向四周播撒。

马齿苋

最后的夜色退隐之后，曦光伸出它爱抚的手，轻轻地，它把秀丽的山河之书打开。

把水声和鸟鸣打开。

把蝶羽和雾帘打开。

也把平凡的马齿苋的小小的黄色花、紫色花、红色花、白色花、粉色花朵一一打开，连同这花朵的小小的梦想一起打开。

马齿苋，红的茎，绿的叶，长长的蔓紧紧地抓住了大地。

开小小的多彩的花，一种不露声色的澄净，甚而还有些小心翼翼。

很小的时候，跟在母亲的身后，手里提了篮子，村前屋后地转，采那些盈盈的马齿苋。

用开水烫了，加一点盐和蒜，只滴一二滴香油，味道美极了。

如今，山珍海味也是吃过的了。

却常常忆起那些马齿苋，忆起那些只滴了一二滴香油的日子，不知为什么。

谢明洲

想起了祖父

和煦的风激荡着，不由自主地吹着。

天空的云朵稀疏地，有时又稠密地游去又游来。

又是五月了，又到了麦黄的季节。

农者在黎明降临之前，磨快了他们的镰刀。他们的眸子里流溢着一年来最为璀璨的光彩。

他们有一些魂不守舍。

在这样的日子里，我总是想及我的祖父。

想起祖父黝黑的臂膀，粗糙的双手，想起他伫立在无垠麦田前时抽搐着的脸……

还有那顶为他遮挡风雨又被风雨吹打而渐渐枯黑的草帽。

还有永无休止的遍布了辛劳与悲欢的一程程岁月。

辞别了祖父和故土，我来到了繁华的都市。

许多年过去了。

又有许多年过去了。

当我伫立在无垠的五月的麦田前的时候，我发现，祖父所拥有的那些财富，都被我丢失了。

就连这诗章也显得如此地渺小和苍白。

一下子，我恐惧了，我比当年的祖父更加地魂不守舍。

叩　门

偶然间发现一座深深的庭院。
知道那里会有神秘的故事与迷人的风景。

犹豫多日，还是用手轻叩了门扉。
一次，又一次。
庭院的门紧闭着。

雨中，
再次轻叩那门扉。
门开了，主人递过来一把伞，并留下一泓淡然的微笑。

门复又关闭。

数日后，我把伞放还在门口并匆匆转身离去。
我知道，一个人不能迷失在不属于自己的风景里面。

（原载于《风景掠过》，河南文艺出版社 2011 年 1 月出版）

王　展

王　展（1976—　），原名王海峰，山东定陶人。山东省作协全委会委员，济南市作协副主席，历城区作协主席，山东省散文学会常务副会长兼秘书长。济南市政协委员，民进济南市委常委。著有诗集三部，长篇小说一部，学术著作一部。作品获济南市第七届精品工程奖等。

在这里相遇

一座旧楼的背影
嵌在记忆的窗口
异乡
一座离亲人很远的地方
我们相遇
诗意暖暖扑来
彼此问候

多少年我们各自走过
沸腾的岁月和人生的沉寂
就在这里
回味一下丢在青春里的高傲

夜色落下大地的璀璨
风吹痛脸颊的毛孔

我想起盐
它有人生的味道

其实我们从未想过在这里相遇
其实我们经常相遇
已记不得是在哪里

这一年就要过去

时间并没有太细的刻度
时间总是这样一圈又一圈
把我的心催得急促
已不是童年
数着指头盼着年

这一年就要过去
我的年龄被女儿的身高盖过
再过两个小时
窗外会升腾起欢庆的火焰
而我愿早早安眠
在梦里与这一年告别
只有那样这一年才会慢下来
在我的心里多一点温暖

其实匆忙的人在匆忙的世界
总有遗憾

王　展

这一年就要过去
让我关掉灯火
在黑夜里
等待黎明

这一年就要过去
不是告别
是迎接

这一年就要过去
谢谢
过去的三百六十五天

（原载于《山大诗选》，山东友谊出版社 2011 年出版）

文史楼端坐在我的意象里

白桦树舒展的枝叶染绿
季节的倒影
脉络在意象中飞翔盘旋
思绪，脚步，无意识地变焦

百年温暖跳过时代的细节
滑落成尘埃的往事
百年的影像，如潮起潮落的
风，翻响纸上的文字

你的停留存在于未来
多少细节的背面，不被打开

写在春天的抒情诗

涉水远行，寒风吹开花朵
目光，在高高的天空飞翔
春天，我是爱你的
在渴望和期待的行程中
碧绿的河水，泛青的山坡
一群羊从视线之外
走过，这是被想象释放的季节
春天，现在变得真实
飘飞的白云让伸展的梦
高过春天的花草
和阳光，透明的心情茁壮成长

孤独的时候想起你们

夜湮没所有的阳光
面对一扇独立的门
我的喧闹与匆忙已流入漆黑
想起你们，远去的朋友

和曾经的爱人
脚步和面孔落在视线中
欢乐和忧伤顺着夜色飘动
伸出手，却很遥远
一切都遗落在行进的路途
走进一座城市
融入一种生活
万家灯火飞翔于窗外
心却静如止水
被孤独牵着，隐入孤独

（原载于《册页·新世纪10年山东诗选》，
山东文艺出版社2012年出版）

李炳锋

李炳锋（1962. 3—　），笔名金后子，山东章丘人。历任济南市园林绿化局纪委书记、园林文联主席等职。中国诗词学会会员、中国通俗文艺研究会会员、山东省作家协会会员、山东省散文学会理事。著有散文集《被海风吹拂的日子里》、诗歌集《在天地间奔跑》等。

我们相约

20 岁
我们相约
阳光灿烂的日子
说话都在唱歌
抽烟喝酒
信口开河
男人女人
理想热血
不知疲惫
不舍昼夜
总相信自己早已成熟
总相信世界是咱们的
冒着热气的青春
任我们尽情地挥霍

30 岁
我们相约
筋骨如钢
身手矫捷
脸上的胡须更粗更多
男女的事情不再神秘
我们的孩子刚刚入托
起早贪黑
里里外外
每天都是脚步匆匆
每天都在无奈中度过
最烦的两个字是理想
最感兴趣的话题是房车
偶尔也腰酸腿疼
唉——长叹一声
一觉醒来又活力四射

40 岁
我们相约
脸现沟壑
头上飞雪
肌肉里的疙瘩凭空少了很多
跑酒场
忙应酬
终于可以指手画脚
比头衔
论收入
只是孩子中考的成绩避而不说

妻儿睡了
拖着疲惫的身影回家
多像一只暮归的老牛

50 岁
我们相约
袋里总揣着花镜
走路更注意看车
嘴里吐出的全是平和
查体指标高不高
老父老母是否还健康活着
孩子是否谈婚论嫁
工作的单位条件如何
看电视很少看新闻
明白最真实的事情里边不说
无非是你多他少
无非是你争我夺
开始喜欢自己在屋里发呆
总希望清静的日子越来越多

60 岁
我们可否再相约
还没有走到那一站
或许还没有那份感觉
前面的路无论长短
我们的目光已学会超越
一切都是天上的流云
一切都是心中的寄托

一切都是非黑即白
一切总有瓜熟蒂落
一切总归泥土
一切跑不出人生的寂寞
没有比心更远的路
没有比岁月更长的河
……

（原载于诗集《在天地间奔跑》，黄河出版社 2011 年出版）

一个农民走了

乘车外出。车上的同事说，老家的伯伯前几天突然病故了，走得十分安详。他在描述老人故去的过程中，我也就有了写东西的冲动。

天至暮秋
一个地地道道的农民刚刚放下锄头

差三天就到 80 岁
上午他到坡里转了一圈
手里还拎回两棵白菜
然后说　不想吃饭只想躺一会儿
这一躺　就没有醒来

老人的脸上没有任何痛苦
嘴角上还挂着笑的痕迹

清理他那简单得没法再简单的遗物
发现一个泛黄的存折
上面趴着一行数字——5000.00
存折的下方还写着一行文字
歪歪扭扭却认认真真
“这是你娘保命的钱”
或许他不懂爱情
只知道这是责任

离婚者说

忍无可忍
咬牙切齿
一对离婚者
决心下得比天还大
可望一望身边的幼儿
他们说
等孩子大了再说
等呀等
孩子长大上了学
他们说
等孩子工作了再说
孩子转眼上了班
他们说
等孩子有了孩子再说
孩子真的娶妻又生子

他们说
等退休之后再说
终于退休了
他们已步履蹒跚
相互打量搀扶着
相视一笑
他们说
凑合着过吧
等下辈子再说

哦，婚姻是什么
婚姻是相互包容和妥协
哦，人生是什么
人生是痛苦与幸福相对说

我不想说

——写给自己和知心的朋友

我不想说自己幸福
因为短暂又漫长的人生征程上
辉煌光艳的时候少之又少
多数的日子在不断地重复

我不想说自己痛苦
因为热闹又寂寞的人生旅途上
痛彻心扉的事儿很少经历

多的是介于平淡与悲寂之间的酸楚

我不想说自己高尚
因为在一个正常生命的身体里
每时每刻都进行着
理智与本能的较量

我不想说自己低俗
因为低俗的念头早已被责任的洪流冲淡
法乎其上仅得其中
剩下的
剩下的
是秋天田野里等待收割的金黄的稻黍

（原载于诗文集《清泉映月》，中国言实出版社2012年出版）

尹延斌

尹延斌（1944. 1—　），山东济南人。山东作家协会会员、中国诗歌学会会员。著有诗集《诗的拾穗者》、《心扉诗影》、《享受冬季》、《陪月亮走走》等多部。

望　月

把脸埋在月光里
想一个
同样把脸埋在月光里
想我的人

秋凉露重
月亮流泪了

空镜子

天上很冷
每一朵云
都载满乡愁

揽着月亮入梦
皎洁的心

是一面空镜子

相遇在黄昏

常忆起豆蔻年华的你
当年朝阳在东
今日夕阳在西

白发黄昏
相对无语
让眼睛半信半疑

好歹这双手
还能握紧你的名字

流年并不似水

流年并不似水
说流就流了
总有一滴晶莹
溢成心的湖泊

湖畔喊一声你的名字
层层涟漪

会从湖心漾起

悠悠往事　潺潺如歌

一窗月光

爱像一只奇怪的蚊子
叮你一口
就留给你　难以忘怀的痒

夜深人静的时候
偷偷一挠
挠来一窗月光

闪电之恋

两朵带雨的云
激情相吻
留下蓝色的唇痕

闪在你的天空里
一生都有被电的感觉

（原载于诗集《陪月亮走走》，中国文联出版社2012年出版）

陈城成

陈城成（1989— ），出生于济南。济南市作协会员，现供职于济南某金融单位。作品入选《2010 年中国网络文学年选》、《2011 年中国网络文学年选》。

千佛山

那些石刻的佛像，在积雪融化之后
让观山者噤声

石阶也是凉的

松树和凉亭，似两个寒冷的人
彼此对峙着

桃花，在它们的记忆里落下来

咖啡店

夜色，融入了一杯咖啡里

那些糖和奶酪

混合着一个人的叹息
被烛光迷离

一片春天的绿叶子
从墙壁上的画框里
滑落下来

凉了的咖啡，就像一个孤独的道具

时间遗漏的光

时间遗漏的光，也是短促的

就像蛇的气息
是一种软体的恐惧

是光加速了植物们的繁殖
是光制造了阴暗的影子

光在遗漏的瞬间隐去
时间，在光死亡之前遁去

（原载于《2011年中国网络文学年选》，中国言实出版社出版）

寒　烟

寒　烟（1969—　），山东邹平人。著有诗集《截面与回声》、《月亮向西》。诗歌入选《20 世纪新诗大典》、《当代先锋诗 30 年——谱系与典藏》等选本。部分作品被译成英语、法语、西班牙语等。

伤　口

如果我有一个伤口
那肯定是世界从我这儿拿走了什么

那年冬天，我带着半颗心
走向大海
不是去寻找另外半颗
只想碎得更彻底，像一个末路狂徒
因此，大海的闪光才被我看成
一万把斧头的锋芒

一个伤口里有挥霍不完的黑夜
每个黑夜都是被眺望固定的尽头
大海泛滥我全身的血气
让我安静，让我着迷——

只有这更大的伤口才能把我安慰
只有这儿才有为伤口保鲜的盐

遗　产

——给茨维塔耶娃

你省下的粮食还在发酵
这是我必须喝下的酒
你省下的灯油还在叹息
这是我必须熬过的夜

你整夜在星群间踱步
在那儿抽烟，咳嗽
难道你的痛苦还没有完成
还在转动那只非人的磨盘

你测量过的深渊我还在测量
你乌云的里程又在等待我的喘息
苦难，一笔继承不完的遗产
领我走向你——

看着你的照片，我哭了
我与我的老年在镜中重逢
莫非你某个眼神的暗示
白发像一场火灾在我头上蔓延

酒　杯

嘴唇上非凡的渴
你们必得相互啜饮一生

不仅仅属于你们的渴——
多少渴望怒放的花苞
伫立守候在月光的苔原
翘首迎迓——
你们那金风玉露的甘霖
大地，从花蕊的呼喊中
释放的奴隶
肉体紧密啮合的齿轮
在子夜，在创世纪漆黑的零点
为老迈松弛的世界上紧发条

早晚会被用完。那一天——
再也寻不见你们踪影的大地上
哪一朵盛开到沉醉的玫瑰
不是斟满你们醇美琼浆的酒杯

秋天的地址

我要去暮年的山坡上等你

我们已近得无法再近
两颗心几乎要透过薄薄的肉身
相互搂抱在一起

你那颗被虚无劫持过的心啊
深眼窝像寺庙里的一对空碗
静静地吸附我的激烈
我终于明白飘临大地的落叶
为何都有被岁月说服的安静表情
而那棵举起诀别之手的枞树
注定要高出众树
高过自身——

虚无，就这样来到我的唇上

秋天就要说出那个秘密

听，从那张欲言又止的嘴唇出发的风
一路翻搅着灰黄的落叶，这浩荡匍匐的
信徒，昼夜不停地赶往那座斜坡
去覆盖一个背影裸露的不安

向着那里，茫茫芦苇驯顺地倒伏
干枯的茎管里响彻凄美的风声
沉思，使一块块苔石凸出湖面

昨日，正被告别的雁阵一声声衔远……

神秘悄悄结果，在手臂够不到的枝头
除了神秘，什么能安慰秋天的悲苦？
忍不住的秘密在核里放声啼哭：
仅有的孩子受孕于一小片月光的虚无

落光了叶子的树如阴郁的僧侣
互为尽头地肃立，为各自的肉身里
那枚无法交换的宿命的年轮
而把根更深地扎向无望

最后一枚果子砸向冥想者幽蓝的空旷
而那不落的，悬在半空的
还在折磨谁和谁厮守的恐惧：
那裸向高空的巢里，早已空空……

（以上五首原载于《诗选刊》2012 年第 8 期）

还　原

没有那样一个房间
像墓穴一样深一样黑
你们一走进去——
就像饮过忘川的水那样
忘了尘世的一切

忘了那一个个盖满身世的印章
一纸纸身不由己的契约
一副副无力撕碎的纸镣铐
以墓石的决绝，向世人
关上那扇谢绝打扰的门扉
想喊，就像洪水猛兽一样
尽情喊，尽情裸亘还原
还原为鸿蒙天地两枚无名无姓的
火石——
用荒蛮的击打
重新相认

（原载于《2012 中国诗歌排行榜》，百花洲文艺出版社出版）

二月的最后一天

这最后的一天，马蒂斯
复活的台风
无法描绘，无法安慰
丛林上空——
死亡与梦幻狂欢
辛酸的云烟飘浮
大地的关节开始松动

二月，一只幼兽
被凶猛的春天
咬掉前生的尾梢

醒来，醒来……

二月的最后一天
最后一天的二月……
谁在反复念叨
着了魔的冰块
在高脚杯眩晕的星空
撞响漫长的冬夜
泪水淹没了太阳
圆月流尽最后一滴酒浆
离别的瓦霜，在婆娑的泪影里彷徨……

未来的日子怎能没有你
正如命运女神的缺席
使相思的疆域
更加辽阔，自在——
风啊，在我们身体的缝隙间
穿行，多么猛烈……

四月：根的醒悟

四月，发情的大地汹涌着
与每一粒种子结合的原始欲望
我听见万物贪婪地生长
繁花缤纷的喧嚣，即将湮没——
一座新坟在麦地里凄然隆起的荒寂

和着泪雨，把你送入
悲痛掘开的深土
让你那扎向来世的根
扎向生生不息的源头
从此，在四季起伏和五谷摇曳的深处
收获你悲喜交集的重生

四月的麦田躺着，哭泣着
松弛，柔软……
而我生命的田畴，已被死亡的犁
深耕：一垄垄闭合的犁沟里
埋着我那永远哭喊不出来的疼
那永在沉痛中沉降的——

断层的刻度

（以上二首原载于《诗潮》2013 年第 2 期）

在队伍中

梦中也在集合：时刻准备着
呓语也是口令：快，跟上！
出生就成为队伍的螺丝钉
拧紧铁的秩序和纪律

这蒙着眼罩的里程
被拴在一起的死心塌地
因怯懦而相互抓紧的手
比铸在一起还要牢固

咬合之链向远方延伸
走得再远，队伍也没有边界
即使原地不动
一股股洪流照样为你文身

“活着，仅仅为了成就一种惯性？”
仍在茫然中移动
疑问衔着的片断
又开始向后世反哺

（原载于《诗选刊》2010年第6期）

像　章

别在记忆里的像章也别在肉里
那曾是一个无法剜出的盲点

一个年代，那轮照耀别无选择
太阳：唯一的姓氏
葵花的祖辈供奉救世的香火
巨人的石雕勾勒江湖屈膝的姿势

万岁！相濡以沫的铸造
红的底色凹凸黄的遗传
铸造，用冤灵前仆后继的密度
烈焰，是从来世透支的亿万激昂

万头攒动的飞蛾的白夜啊
光芒绝对的入口反复检票
提纯的血液日夜川流不息
为了淬火一枚永不跌落的幻象

即使赭云的天穹熄灭，锈痂剥落
耻辱，仍在现实的胸襟累累发亮

（原载于《2011 中国诗歌排行榜》，百花洲文艺出版社出版）

散　皮

散　皮（1963.10—　），山东日照人。山东省作协会员、山东省散文学会理事，中国诗歌学会会员，济南市作协全委，济南铁路局作协理事。现供职于济南铁路局车辆公司。著有诗集《语言在草木中生长》等。

风景，生长于语言

崎岖的青龙硚①，夹立的峭壁间
一只鲤鱼奋力跃起
她的肉身被风夺去
嘴唇被水凿穿
鱼尾跃动于意念坚硬的石板中
透过雾泉弥漫的气息，我看见
她跃动了若干次
落下，又跃起，已经若干年
忽然经过
引导者的诱导，大象
在千年的峭壁上缓缓走动
脚步轻灵的一闪

归途，颠簸的汽车

① 青龙硚——重庆市天生三硚之一。

使游人失语。我看见
前面隆起的发髻上
透出三分钟的青春
后面的人，看见了
她的过去

（原载于《时代文学》2012 年 8 月刊）

大草原

其实，我有自己的草原
奔驰的骏马时常
把心壁踩痛
很多时候
我平静如大海
只为我的草原永远绿着

见你内蒙古的大草原
从天际那头弯曲急转而下
星星点缀着蒙古包
很像我怀想的某些人和某些事
也有奔马或牛羊
让生存恬适得像日落一样平常
鼹鼠挖断的神经
我也会隐隐作痛

冷月即将一片片雪落下来
我的体内
多出一片幅员辽阔的原野
而时间
正孤独地从那里路过

穿越广场去吃饭

此处并非花园。那些开过的月季
并不是花。树上坠落的水果
并不是果实，撒落一地
那些与太阳争辉的灯光
黑白相间的并不是棋盘
各式图案的围栏并不是牧场
一些惊叹号导引进出的规则

那些穿着短袖、风衣、连衣裙、光着膀子的人
那些拎着麻袋包、LV 包甩着胳膊的人
那些流着汗、流着泪、流着口水的人
那些正面穿过、侧身钻过、慢走地跑着的人
那些红色、绿色、紫色、白色、黑色、杂色的人
那些藏着秘密指令汇聚过来的人
那些拿着某种请柬四处散发的人
沿着黄衫人的哨音，被风撕裂的旗子
运转

此刻有一阵蚂蚁的方队
通过
此刻有一双蝴蝶的翅膀艰难
扇动
此刻有一个孩子的哭声和汽笛
交汇
此刻我穿越广场去吃饭
忽然
被呼吸、焦虑，以伤感的动作穿过

（以上二首原载于《彝良文学》2011 年总第 28 期）

重庆想象

一则短信的名字：重庆故事
酷刑中的地下党，唯有 20 位女性
无一变节，女人比男人可信
此刻，我坐在重庆贝迪颐园的客房里

想着，这城市起伏不定的形状，波涛汹涌
一些方块、竖条搭成的建筑
浓雾散落在目力之外，漂荡在海上的船
如同政治迷局，摇晃、悬空或跌落

想着，山城的山水交错，三月里
该红的红了该绿的绿了，少女

一件一件褪去衣服，双手伸进夏天
所有能开的花都在努力地美

想着，度假村的奢华，温泉
滋润着旅行的神经，迷宫一样的走廊
以环保的名义，以生态的名义
甚至以生存的名义聚集在城市边缘

想着明天天气，阴转雨，出行的风景
走向哪一处陌生的领地，我
一边确认着客房里的想象是不是记忆
一边回味着初到重庆收到的信息

（原载于《时代文学》2012年8月刊）

消　费

终其一生，不过消费
10头牛，100只
不再吃草的羊，300个
乌龟，500只跑不赢的兔子
牛奶300吨，停止生长
的鸡蛋12000个，消费
天空注入人体的喜怒哀乐，消费
土地供养的酸甜苦咸

思想站在远处，一边
咀嚼着入睡的光阴，一边
书写出回忆的名字

（原载于《时代文学》2012 年 8 月刊）

段维荣

段维荣（1963.1— ），济南历城人。幼儿教师，心理咨询师。著有诗集《日落日生》、《万影因月》、《素心天月》、《晨星独语》等。

诗　人

遇到吝啬的上帝
给了很少词语
只好节约造句

小　草

掀开结痂的泥土
一株黄嫩的
小草探头
微微在笑
它说
春要来到

莲

一朵莲
睡得香甜
梦里她离开水面
飞上天
听风的语言
看云的脚步
感雷的激情
一朵莲
蜻蜓站在耳边
醒来
忧伤淡淡

（以上三首原载于诗集《万影印月》，黄河出版社 2012 年出版）

泉　城

天宫要煮茶吗
泉水
到济南来取
这里
水花四溢

梦

昨夜
梦跳过篱笆
又去流浪
还好
它有方向
也着华丽衣裳
泛游在海上
枕着蓬莱阁
小睡后
与八仙对酌

（以上二首原载于诗集《星辰独语》，中国文联出版社 2013 年出版）

宇　向

宇　向（1972—　）祖籍烟台，现居于济南。出版诗集《低调》、《宇向诗选》、《我几乎看到滚滚尘埃》等。有作品被翻译成英文、德文、法文、葡萄牙文等。

我的诗

我要告诉你一件事
那是我的诗，而你正读到它

我永远不会飞起来，也不会离开，因为我脚踏大地，头顶天空，在为一首诗储备足够的阴影

我有一把椅子，它从未发出声响
我有另一把椅子，上面有个屁股印儿。一把没人坐过的椅子，灰尘已把屁股印埋葬

我身上有块疤，小时候我妈打的，长大后我们“亲爱的妈妈”打的。没人见过它，而我随时能够到它。在夜里，它是我的诗
我几乎是由疤构成的。于是，在拐弯处，我浑身闪亮，而太阳刺痛我的眼

我爱上一个藏族汉子，他纠结的长发里粘着虱卵和经文，当越野车抛锚在雅江。我想着这件事的时候坐在馄饨摊前，嘴里含着一只被现实舔过的

汤勺

如果你重温《对她说》，请调到 29 分 07 秒，那儿有我的诗
我的生活需要一场灾难，一场平息灾难的灾难。需要我的诗

Reinaldo Arenas 早已写出我的诗句，“我一直是那个愤怒/而孤独的孩子/总是被你侮辱/愤怒的孩子警告你/如果你虚伪地拍拍我的头/我就趁机偷走你的钱包//我一直是那个在恐怖/腐败、跳蚤/冒犯和罪恶面前的孩子//我是那个被驱逐的孩子……”

我是那个孩子，“脸圆圆的，显然不讨人喜爱”，我喜爱我的狗，但它死了
我养的小狗一条一条死去，那是我一点一滴的冷

基督死于人，人死于他爱的事物。我该为谁哀悼
我在哀悼。别打扰我

这是我的诗，请别打扰它

信

每天都有一些信在途中遗失
它与不信有关
它被风吹进树林，吹向
林中的坟地、墓碑以及碑前的
枯枝败叶

经过光线，它弯了一下
把死亡吹成一个美妙时刻
每天都有一个美妙的时刻
它与信有关
它落向焚烧的落叶。落在
乞丐指尖，落得下落不明
或被狗叼着，进入
动物世界
每天都有一封美妙的信，落在
雨中的路面
就像脚印
尘世被一步一步走远

女巫师

我高龄。能做任何人的祖母
当我右手举起面具
左手握住心，我必定
货真价实。拥有古老的手艺
给老鼠剃毛。把烛台弄炸
被豹子吞噬。使马路柔肠寸断
分崩离析那些已分崩离析的人
我懂得羞涩的仪式
会忍痛割爱。当太阳自山头升起
照耀舞台中央的时候
我就是传统，无人逾越

当我把祭器高举
里面溅出幽灵的血。是我
在人间忍受的羞辱
我是思想界最大的智慧
最小的聪明。调换左右眼
就隐藏了慈悲和邪恶
而在每一个精确的时刻
我到纺织机后配制泪水
把换来的钱攒起来
现在我打算退休
成为平凡无害的人

阳光照在需要它的地方

阳光照在需要它的地方
照在向日葵和马路上
照在更多向日葵一样的植物上
照在更多马路一样的地方
在幸福与不幸的夫妻之间
在昨夜下过大雨的街上
阳光几乎垂直照过去
照着阳台上的内裤和胸衣
洗脚房装饰一新的门牌
照着寒冷也照着滚落的汗珠
照着八月的天空，几乎没有玻璃的玻璃窗
几乎没有哭泣的孩子

照到哭泣的孩子却照不到一个人的童年
照到我眼上照不到我的手
照不到门的后面照不到偷情的恋人
阳光不在不需要它的地方

阳光从来不照在不需要它的地方
阳光照在我身上
有时它不照在我身上

圣洁的一面

为了让更多的阳光进来
整个上午我都在擦洗一块玻璃

我把它擦得很干净
干净得好像没有玻璃，好像只剩下空气

过后我陷进沙发里
欣赏那一方块充足的阳光

一只苍蝇飞出去，撞在上面
一只苍蝇想飞进来，撞在上面
一些苍蝇想飞进飞出，它们撞在上面

窗台上几只苍蝇
扭动着身子在阳光中盲目地挣扎

我想我的生活和这些苍蝇的没有多大区别
我一直幻想朝向圣洁的一面

理所当然

当我年事已高　有些人
依然会　千里迢迢
赶来爱我　而另一些人
会再次抛弃我

（原载于《宇向诗选》，长江文艺出版社 2012 年 11 月出版）

郑云霞

郑云霞（1973. 1— ），山东高青人。现供职于济南市园林花卉苗木中心。济南市作协会员。发表作品多篇。

在别人的烟花里独醉

当那轮满月再次升起
思念
从四面袭来　带着潮湿
叩击着我的心扉

窗外　烟花如梦
擎起一杯葡萄酒
沉醉它迷人的红　静静地
找寻你的踪迹

曾经　将心事化作一条条鱼儿
奔向你的心海
在翻腾的浪花里
恣意畅游

今夜　仰望那轮圆月
念着你的名字
在别人的烟花里
独醉

流浪的人

穿着破旧的衣衫
踟蹰在泥泞的街头
天黑了
找不到回家的路

寒风
吹散了他斑斓的梦
冷雨
打湿了他沧桑的心
前方高楼上
那盏橘黄的灯
让他想起小时候妈妈温暖的怀抱

他多想
有一盒小小的火柴
然后
找个无人的角落
把回家的路
擦亮

（原载于《文心中国——2012 年诗歌精选》，中国言实出版社出版）

想　你

我躲在夜的深处
想你　在我的呼吸里
一缕清凉的月光
透过微开的窗帘
洒下斑驳的痕

我徘徊在五彩的梦里
想你　在我滚烫的唇语里
你灿烂的笑容
还有长长的叹息
是我最美的记忆

我走在飘雪的冬季
想你　在我的心跳里
一盏晕黄的灯
拉长了我孑然的影
仿若孤鹰的悲鸣

想你
我愿做那只孤鹰
穿越梦的时空
飞到你心里　镌刻爱的痕迹

（原载于 2013 年 6 月 1 日《济南日报》）

张爱民

张爱民（1970.5— ），济南市作协会员，历下区作协理事，高级政工师。发表诗歌、散文作品多篇。

佛山梅香

清晨，路过园东的梅林
被片片青绿簇拥着
梅，卧在花蕾里
如整妆待嫁的新娘

雪后初晴的早晨
兴国禅寺的晨钟
引得满园蜡梅悄然开放
那令人唏嘘的点点亮黄
缀满一山耀眼的白光

寒冷的冬天
你能降伏厚厚积雪下的枯蝶
又怎禁得住那
如霞之梅迎风轻舞
她灿烂的霓裳

来年，房前移栽的幼梅

应足够茁壮
雪夜里，独凭窗
静待那寺里隐隐传来的暮鼓声
送来书案间幽幽梅香

（原载于2013年2月2日《济南日报》）

与你同行

动物是人类的朋友，保护动物就是保护我们人类自己。尊重自然，敬畏自然，地球是我们共同的家园。

如果，那个故事是真的
多少年以前，在那只诺亚方舟上
我与你们同行

如果，那个人是真的
当年，他选择我们留下来的本意
是让我们同处共生

千万年来，我们繁衍于同一片土地
同一片天空
随后，文明把我
带进了山洞
从此
你在自然我进牢笼

如今钢铁森林如病毒般疯长
自然被蚕食成千疮百孔
于是我在牢中你也进牢中

如果那个人是真的
他选择我们留下来的唯一理由
是我们能够同处共生

如果那个故事是真的
多少年以后，在那只诺亚方舟上
我与你还要同行

（原载于2013年4月20日《济南日报》）

朋　友

漫步大明湖畔，领略这里的一花一石，一草一木，欣赏着苍鹭自由觅食，陪着“老等”无忧无虑地等待，这时，仿佛自己已经进入画里，这幅人与自然和谐相处的画卷里。

你在大地的怀抱点水而过
你在鸿雁南飞的蓝色天空
你是栖息在海岛绝岭上的雨燕
你是回荡在林间欢快的鸟鸣
你是我久违的朋友

看你特立独行的模样

张爱民

秀你模特般美艳的身姿
那华丽的外衣是多么时尚
与暖阳一同升起　与欢笑相伴
穿越时空　与你对话

铅色的墓碑镌刻了沧桑
无家可归之痛　热带雨林之殇
身陷囹圄的我们
只愿能够伸出巨掌
遏止继续倒下去的灭绝多米诺

明耀的星月下
清凉的微风送来你的讲述
擦亮眼睛张开臂膀
迎接回归的青鸟

（原载于2013年1月5日《济南日报》）

张钰霞

张钰霞（1961.9— ），山东文登人。高级政工师。济南市作协会员。现就职于济南大明湖风景名胜区管理处。在省级以上报刊发表作品多篇。

格桑花

洁白的格桑花
心底至纯的祈愿
是童真是初恋是企盼和憧憬
一尘不染
有了她何惧黑暗

火红的格桑花
挚爱信念的锤炼
闪电雷雨风雪
挺拔愈妍
那是回答意志的考验

金黄的格桑花
留得满腔清香逸远
植根厚土大地传播着爱与希望
深沉缄默
变换的容颜昭示着永远的赤诚勇敢

张钰霞

生命的格桑花
千千万种在心田
倾善与美呵护掬爱与真浇灌
岁月不老
永恒谱写着心灵圣洁的诗篇

格桑花幸福花
传说最神奇乃八瓣
找到她的人们将得到幸福
为把理想实现
追求寻觅到永远

格桑花心上花
巧遇重逢亦有缘
勤勉专注持之以恒
用心守护这幸福的源泉

春　雷

一声爆裂
严寒化为碎片
散落

久违了
你的问候

唤醒了世界

听——
处处皆是
花开的声音

兰

暗香
清远
无数雅士竞折腰

亦花
亦草
非等闲　向来无俗喧

不媚
不娆
幽谷弥芳　品更高

（原载于 2013 年 6 月 4 日《周视天下》）

张　斌

张　斌（1969.11—　），山东东阿人。济南市作协理事，济南市市中区人大正处级调研员。著有诗集《旋转的玻璃门》、《沉在梦里的鱼》等。

菌　子

长在石头上的思绪
被夜打湿了
撑一把小伞
以独特的姿势
站着

蒙山漂流

被一股力量推着
在山间的水流中前行
水花溅起
激发心绪
怕影子也被冲走
手紧紧抓住橡皮艇

（原载于《诗刊》2013年4月刊）

昨天与明天

孩子
是大人的回想
大人
把自己当作风
将孩子带进自己的向往
直到沉睡而去
还不肯闭上
飘满孩子身影的眼睛
……

冬　日

黄昏，敲打着窗棂
执着地等
那如丝如缕的阳光

美丽光晕打湿了小巷
守候的每一个季节
你都会抽出一片叶子的时间
熨平我心灵的皱褶
很少看到你
却又天天看到你

张　斌

冬日　抬眼望
有温暖从灵魂的指缝间漏进来
渗进心里

诗　友

唐朝
飘落的那片树叶

在梦中
与你相逢

（原载于《星星》诗刊 2013 年第 11 期）

潘德宝

潘德宝（1963.10— ），出生于济南。现就职于济南市历下区人民医院，济南市作家协会会员，济南市历下区作家协会副主席。著有诗集《铺满青苔的石阶》、《隐逸的歌者》等。

洁白的忧郁

皑雪挂疏枝
雨雾遮晚亭
随心情踏过午后的二月
醉赏这早来的春色晚来的雪

布满寂静的清澈
呼吸间张开清醒的翅膀
掬一捧白雪融化
牵动记忆的河

缥缈的孤鸿时隐时现
空气中泛着洁白的忧郁
凋零前尘若梦　如雪飞花
一丝淡然跌落脚下

寂寞隐在沙洲不事张扬
寻寒枝高栖放眼四望

一曲长箫饮清绝
多少豪情烟雨中

穿　越

泥淖在眼前不断晃动
梦境里也被浮沉缠绕
费劲的挣扎汗湿了枕边的月光

穿破看似简单的升腾
恍惚中真就穿过了缭绕的云层
缥缈的仙境可以信步闲庭

喜欢这样的升腾
日有所思的尘事
在梦中按部就班地排列

枕着月亮睡　夜很安详
没有任何虚幻的荣光
阻挡清净的幻想

心湖之央

深冬的寂寞刻在城市　灰色的面庞

将暖阳的笑意　隐在心底存档
在忧郁的日子回放
此刻应是洁白的银装　将世界扮靓

牵手一起走过日暮的街巷
流年似水流眸轻扬
刹那的繁华遮了青涩薄殇
青檐灰瓦残留着陈年的芳香

浮生躲在红尘的一隅长睡
若有似无的凡事常来探访
散落思绪　独饮一杯孤寒
放纵我的静默　浅吟低唱

抵不住杯底浅浅的忧伤
思念顺着眼角流淌
一指的距离
搁在心湖之央

冷　茶

冷冷的夜感受不到橘色的温暖
书淡茶凉　帘幔影单
温柔将寂寞丢在尘烟里

不见阡陌草木荣遍野苍茫

杨柳不飞花一地寒冰
匆匆回眸　含笑间又赴西京

几日行程　疲惫略显媚容
灯下黯无语　冷盏残碟
煮酒温书我已了然

归来　芳草萋萋
默然　春在路边绕
轻衫侧帽　唯我从容

谁料到山无影水有形
一江欢歌一江愁容
红了昨夜烟火冷了江面舟声

漂泊的旅程

触摸不到的情感四处流浪
如果流浪也有季节
这个初夏是否算一个驿站

停泊为一段熟悉的陌生
路边的绿叶摇曳化蝶起舞
枝头的黄鹂啼鸣又温一处鸳梦

轻轻研磨内心深处孤独的寒冰

淡看浮尘　举万千繁华若轻
天涯咫尺　那份眷恋重又归城

不远不近的宁静始终不舍
欲望来临时残缺的清醒

让心灵栖息清寂的花丛
守候某一个驿站在漂泊的旅程

（原载于诗集《隐逸的歌者》，线装书局2013年出版）

张振民

张振民（1967. 11— ），山东曹县人。中国作协会员，文学创作一级。济宁市作家协会副主席，《山东文学》原执行副主编。著有诗集《雾已散尽》、《我的黑夜比你长》等。作品多次获奖。

蛇年这个春天的我

叫醒春天的不是闹钟　是梦想
手舞足蹈的不是柳丝　是歌唱
我的脚步越来越近　是因为
众鸟把我围在了　春天的广场

白天是绿色的　花团锦簇
一到晚上　这个春天的济南
就会散发出温暖的月光
低低的　和谐的　故乡的风
缓缓展开它宽松的翅膀
向我　向这个地球之窗
向这个被青山绿水环抱的村庄
披一层童话和芬芳

都说春天是美丽的　而我总感觉
摆脱春天的时间不会太长

我摆脱的　不仅只是梦想
还有一种淡定和仰望

铁是柔软的　被融化之后的
诗人的心脏　仍眷恋着
毛笔写成的汉字偏旁

济南的秋天

能在霜降来临之前
忍受煎熬的
莫过于济南的冬天　之后
它们中的好多泉
有的喷着水　有的已枯干
有的地方结了冰　冻住了小船的吃水线
但到了春天和夏天
从泉旁垂下的诸多细柳
被风一吹　被雨一颤
那淙淙的　哗哗的响声
是一城春色半城湖的感叹
所不能忍受的
甜蜜的　沉甸甸的秋天

张振民

不止这些

说是七十二泉　在青石的缝里
流淌了千年万年　不止这些

胸中还藏有多少诗词歌赋锦绣河山
藏有多少品茶论道　多少明水动观
多少柔情给垂柳　多少倒影给暗泉

不止这些　还有多少歌声荡漾在泉中
多少《声声慢》里升起紫烟
多少清晨取代黄昏

日复一日　年复一年
带走多少苦　留下多少甜
多少爱在团聚　多少怨已飘散

无痕的脚印　光滑的青石板
快书和梆子的乡音从北说到南
流利的口语　跟邯郸那样
不用学步　就知道泉水的路线
曲曲弯弯　潺潺向前　把一切心思
流进婉约湖畔　还不止这些
聚聚——散散

小虫子醒了

一只小虫子爬进来
从春天左边爬到春天右边
轻轻发音　慢慢徘徊
黑暗尽头　起点是希望
终点是死亡　其间是
暗箱里的温湿和钻进钻出的彷徨

如果再早一些　大地上的桃花没开
只有沙砾和野蓬的枯败
滚动的风会告诉你
龙抬头之后　还有一些雾霾
还有春雷第一声
第一滴泪在纠结中忍耐

如果说　孤独是一种悲哀
那么　所有的虫子都会团结在土地周围
众蛹会用双飞的翅膀将黑暗推开
让色彩缤纷进入荒地　树林
并将地下的一道道亮光掩埋
深深地　深深地　头也不抬

（原载于《时代文学》2013 年第 11 期）

董超岩

董超岩（1970. 3—　），山东济南人。现为济南市文联副秘书长、济南市作家协会秘书长。中国通俗文艺研究会理事。著有诗集《秋草集》等。

想着一棵树

天，下雨了
此时你想起墙根边上
一株孱弱的小银杏树
雨落到你的脸上
也落到那些伞形的叶面上
叶子应该绿了一些
挂着如泪般的水珠

不知雨，能下多久
才足以润泽一个生灵的一生
在一个迟来的雨天里
你想着一株孱弱的小银杏树
就像一个人想着另一个人
就像一棵树想着另一棵树

红尘幻象

寂静如水
倒映着红尘幻象
不要在逼真的风景里停留
即使你以为自己是
一片摊开的梧桐叶
无数的寂寞搭建起大片森林
在森林的最深处传来了几声蝉鸣
与你的格调共振

（原载于《山东文学》2013 年第 9 期）

黄玉霞

黄玉霞（1963. 11—　），祖籍湖北，生长于济南，现供职于济南泉城公园。济南市作协会员。有多篇作品在报刊发表，诗歌《暴风雨》和《春之物语》入选《文心中国——2012年度诗歌精选》。

短歌四首

无眠

浸在月光里
随月的脚步前行
寻
月光中寻我的人

月落
草噙着泪

暗
温柔地淡去
曙光将现

海棠

一朵海棠
随波而行
是哪世情缘
把今生的凋零
托付于水

清明雨

亲人
我的呼喊唤不醒呀
天
叩击厚重的门

泪湿大地

暗恋

仰望
无语
一颗种子发芽了
疯一般长

秋
白头芦苇沉思着
夕阳中一抹温暖的黄

（原载于《时代文学》2013 年第 9 期）

王吉峰

王吉峰（1978. 11—　），山东济南人。济南市作协会员。有多篇作品在《山东文学》、《济南日报》、《国土资源导报》等报刊上发表。

土　地

我的躯体是泥做的
却比钢铁还硬

我是你的孩子
如果你需要
我愿把骨骼敲碎
让血液融入你的脉搏
与你　起跳动

而明天
又一个我诞生

（原载于2013年4月22日《国土资源导报》）

驮一个世界，跟你走

——写给济南动物园

你把地球上的一个点
放大成一片绿洲
山下的那只金牛
驮一个世界
跟你走

亚洲虎、非洲象和金丝猴
不是困兽
只有在围墙里
才是真正的自由
你看
外面的牢笼中
囚禁着多少人和兽

同他们一样
我也是一个囚犯
我的心被囚禁在躯体里
我的肺被囚禁在胸膛里
我的手被囚禁在袖管里
我的泪被囚禁在眼眶里
我的躯体被囚禁在空气里

你来

王吉峰

解放我吧
让我也驮一个世界
跟你走

（原载于 2013 年 6 月 1 日《济南日报》）

康　桥

康　桥（1964.7—　），原籍山西，出生于济南。中国作协会员，济南军区创作室专业作家，文学创作一级。著有诗集《寸草心》、《血缘之源》、《飞翔，向着太阳》、《生命的呼吸》、《征途》，长诗《殇问》、《祭奠美丽》、《心中矗起的纪念》、《山祭》等。荣获全军文艺新作品奖诗歌一等奖三次，全军文艺新作品诗歌二等奖二次，第六届中国人民解放军图书奖、首届齐鲁文学奖等。2010 年被评为首届十佳军旅诗人。

泉水从哪里来

从幸福而来　荷花知道
泉水会重返　因为爱情会重返
——题记

嘘……别出声
我听到月光敲门的声音了
那是圆圆的中秋月撞入大明湖
看啊那一树又一树的月华
在今夜滑落融入大地
融入泉城的每一滴水

满眼的月光啊那是一不小心
就碰落在地的荷花瓣

嘘……别出声
让我倾听此刻陨落的荷花
沉静地贴近大地贴近泉水

流水淙淙对荷花絮语
不要问我从哪里来
你脚下的土地就是我的故乡
追随你谢世的芳容我从地底
流出将你环绕

一片片脱落的荷花
放下所有梦想
和泉水流向远方……

嘘……别出声
让我们倾听　荷花在
低吟：我知道你从哪里来
你从黎明来
你从爱情的眼睛里淌出来

轻轻捧着荷花泉水在
流淌泉水在述说
很早的远古贤良仁帝
大舜在历山躬耕不忍心
用鞭打牛他鞭敲簸箕
两条牛都卖力拉犁

尚良风聚人气历山之人
皆让畔雷泽上人皆让居
虞舜所居：一年成聚二年成邑三年成都

缠绵地转身　荷花隐隐的
芳香在月光下流溢
我知道我知道被舜的仁爱
感动你成为泉水
替舜把瓜果梨田育

泉水潺潺　继续往日的述说
你也曾化做
尧的女儿
娥皇、女英来到舜身边

被爱唤醒荷花在玉碎中
绝唱：为舜贤妻我怎能忘记
日日夜夜我们赶织七彩的衣裳

嘘……别出声
我听到绝世的《韶乐》
那是舜谱出泉水之歌
凤凰来仪万象谐和
七十二泉从地底流出

嘘……别出声
我听到荷花带泪的辞别
不要问我到哪里去追随

康　桥

舜远去的身影比春天
还斑斓的梦
来生我还要找到你无论你
在哪儿我都尽善尽美唤着你

嘘……别出声
泉水在回响
多少个春天轻轻地唤醒你
莲花莲花你要记着
我会唤你唤你回来
回到我身边追随伟大
舜帝所有的路都是回家的路

穿过一条河流又
穿过一条河流
泉水携着最后一瓣荷花奔涌
从大海返回就像你从春天返回
我从秋天的果实里从母亲的
乳汁里从劳作者的汗水里
返回你身边千遍万遍
我牢记你的呼唤……

静静的风隐去身影
青蛙停止了鸣唱
泉水中悸动又一朵莲花
在述说……

［原载于《中国优秀诗歌年选（2013卷）》］

陈子钰

陈子钰（1998. 2— ），山东济南人。现就读于山东省章丘第四中学。多次在报刊上发表诗歌作品。

思绪飞扬在秋天里

漫步羊肠小路
脚下的枯叶犹如一幅画
闻着各种稻谷芬芳的气息
我陶醉在秋天里

想起古人那情意绵绵的诗
无论是遍插茱萸少一人的失落
还是断肠人在天涯的惆怅
无不吸引我去探索
我沉默在秋天里

秋雨绵绵下不完
我望着窗外的银丝
倾听着叮咚雨声
好像是老人在低唱
我想起了奶奶

陈子钰

也不知她在干什么
倦意飘来
我沉睡在秋天里

温暖的午后
泡一杯浓浓的红茶
品尝着这个秋天的酸苦
看窗外的流苏
我的心平静多了
小小菌虫
朝生暮死
它不知何为一日
不知疲倦的知了
春生夏死
它不知何为四季
而我
很幸运地活在人千世界里
把我的所有的记忆
都寄托在这个浓浓的秋日里

（原载于2013年10月17日《联合日报》）

简　墨

简　墨（1969—　），山东高唐人。中国作协会员，济南市作协副主席。著有散文集《京昆之美》、《书法之美》、《山水济南》、《二安词话》等多部。作品获孙犁散文奖一等奖、泉城文艺奖等。

日常流水八章

在公园里

在公园里
遇见陌生人
共同看一株花树
得些相似的喜悦
目光遇到
就彼此微笑了
仿佛早就相识

花种子

孩子从学校捧回几粒花种
不知道是什么花
雏菊或者风信子

我种在花盆里
明年春天
就可以知道了

日常的一天

我将家具的把手擦亮
将镜子上的水珠擦去
将泥糊住的香菜根洗出淡红色
将孩子的白衬衣洗得更白
做这些事时
我心里很喜欢
就好像我来到这个世界
就是为了这些事物
我听到了它们的寂静
与它们无声交谈
共享秘密的友谊
似乎待的时间再久一些
我就会变成它们

事实也正是如此

一切都在
明亮纯洁安详阔大
没有什么是我再需要的

这是平常的一天
这是美好的每天

水龙头

水龙头的水
很细地流出来
滴滴答答
似乎芭蕉刚绿

似乎一会儿
宋朝的驿使
就会给我送一封情书来

黄　昏

黄昏一寸寸飘进房间
让我觉得
可以过一会儿
书上的日子

世界重生一遍

大雪下下来
仿佛赐福
一切都消去锐角
有了弧度
神住进每一个事物里面
每样事物住进自己里面
而相互保持联系

没有什么是不好的了
大家赞同一切
世界重生一遍

每一片叶子都让我爱

从这里到那里
每一片叶子都让我爱
从一片叶子
看到花
看到圆满的果实
看到凋谢
而凋谢
也是我爱的
因为没有什么真正消失
一些珍贵的什么
留了下来

看着它们
就想着
也要这么美好地过一生

蝉 鸣

蝉鸣的声音
被鼾声吹着
依依倒去
掉在池塘里

（原载于2013年10月7日《银川日报》）

辛　戈

辛　戈（1941—　），山东济南人。供职于济南市总工会。曾任济南市作协理事、诗歌创作委员会副主任。山东省作协会员，中国诗歌学会会员。1976 年以来在《工人日报》、《解放军文艺》、《诗刊》、《人民文学》等发表诗作数百首。作品曾获军委装甲兵文化部一等奖。

航海小夜曲（组诗）

雕　像

你站在纽约港
俨然是一尊自由女神
蔚蓝色的眼睛
注视着大海与天空
早霞，殷红色双唇

身材，丰腴且窈窕
流泻金色瀑布
长发在晨风里飘动

头戴麦穗的凤冠
右手高举一杯烈酒

辛　戈

左手紧握一首小诗

夜　航

掠过红褐色波涛
亲吻珊瑚礁丛
你轻轻吟唱
不要责备我吧，妈妈
红海，半个月
吞下
私奔者的投影

蛇　岛

魔鬼群居之地
想起一对蝴蝶
圣经中的恋人

吃与不吃禁果
原本和蛇毫无关系

一场雷鸣暴雨
把荒岛冲刷干净

扇　贝

一开一合
便是白昼与黑夜

生命在甲壳潜伏
珍珠于心底暗结
趴在孟加拉海湾沙滩
倾听大海
演奏一曲灵歌

灯塔下

你用舌尖悄悄
向我传递上帝的恩惠
贴近唇边细语
好望角灯塔
原本是一枚
十字架圆柱

我的太阳

地中海波涛
同霞光一样平静
锚链系紧黎明的瞳孔
取下一枚钻戒
套在你的手指

倾听！西西里岛
把帽檐向下拉低
从妖艳的钟声里
奏响灿烂　辉煌

（原载于《红房子·黑天鹅》，大连出版社2013年11月出版）

陈建平

陈建平（1952.10— ），山东济南人。山东省作协会员，中国诗歌学会会员。在《山东文学》、《时代文学》等报刊发表作品若干。

天 桥

一座桥的身体，跨越这座城市
津浦线、胶济线
是你胯下两条游动的泉水

当新天桥，从高处腾空而下
我们听到，火车鸣笛的声音
穿过大地，湿了归者缱绻的身影

我们还听到了那些激动的旅客
携带着幸福而奔走
一定也会分享泉水的喜悦

是的。一座桥，一定还知道
桥体内也能发出声响
那些铮铮铁骨，让每个流动的日子
滚烫、结晶，照亮幸福的生活

写在张养浩墓前

六百年风雨，是你元曲中的
一个章节。如今，我每天骑着电动车
绕缠着，你的声声曲韵

七十二泉，都在阅读着
你如水的曲华。一家书店的橱柜前
你的文字，似雪的光芒，覆盖着
2013 年的封面

岁月愈深厚，一座城市的心
就愈辽阔。城运会、泉水节和十艺节
仿佛是你的赋比兴，被泉城人的身影
一点点描绘

而多年前，你的病，与逃离居所的
饥民，让你欲说还休，让你成为
新泉城蝶变的幸福韵脚

如今，在你墓前，你不会感到孤单
打开你的作品集，这些汉字
比任何人，都认得你……

（原载于《新世界诗刊》）

陈建平

五龙潭

游动的鱼
无论是黄色红色红里透白
白里透红黄里透红
一群群游动的花朵
晃动着自己最美丽的身段在透明的水池边
竞相争抢老人与孩子们
那一瞬间惬意的笑脸

一圈圈聚拢
一圈圈消散

这些游动的花儿

被太阳的光芒温暖着
被游客的亲切温暖着
被晶莹的池水温暖着

一圈圈聚拢
一圈圈消散

它们也有痛苦的眼泪含着
它们也有不安的眼神迷茫

无论冬秋无论春夏它们

渴望已久的等待生命中的一刻

抱紧着晶莹闪亮的池水
紧紧地依靠着爱的播撒
穿越自身最辉煌的奉献

（原载于《红房子·黑天鹅》，大连出版社 2013 年 11 月出版）

刘爱君

刘爱君（1970.6— ），山东济南人。毕业于济南大学。现就职于济南市历城区洪家楼高级中学，副高级职称。常有作品见诸报刊。现为山东省散文学会会员、济南市作家协会会员。

故乡的老槐树

窄窄长长的石板路
伴着一棵老槐树
高高大大
一双小脚
揉弄着曾经的骄傲
微风
不解风情
打断得意的叫声

那是离别的宣言吗
粗糙的双手
摩挲粗壮的树干

阳光钻过树叶的缝隙
滴落在额头　衣襟
树的影子
将你的目光拉长

突然
不见了老槐树
消失在石板路
清冷的夜里

暗　夜

黑夜里
开满茉莉
孤独
拍着瘦弱的胸脯
窗帘下
不见蔷薇盛开的影子
分明嗅到它那
凉凉甜甜的味道

独自坐在
月辉盈盈的阳台
热闹的海
早已开始涨潮
那山呼海啸的浪
拼命地拍打着
宁静
遥望夜空
窗帘下
开满了花

下　编

杨　朔

杨　朔（1913—1968），山东蓬莱人。曾任全国政协委员，中国作家协会第二届理事。1937 年开始发表作品，代表作有《三千里江山》、《荔枝蜜》、《樱花雨》、《香山红叶》、《泰山极顶》、《画山绣水》、《茶花赋》、《海市》、《铁骑兵》等。

大明湖泛舟

百顷湖光碧似天，天空新月如行船。
我欲乘船碧大去，一曲秧歌破夕烟。

（原载于《前哨》1959 年 7 月刊）

王统照

王统照（1897—1957），山东诸城人。1924 年毕业于中国大学英文系。1918 年办《曙光》杂志。1921 年与郑振铎、沈雁冰等发起成立文学研究会。曾任中国大学教授兼出版部主任，《文学》月刊主编，开明书店编辑，暨南大学、山东大学教授，山东省文联主席，山东大学中文系主任，山东省文化局局长等。著有长篇小说《黄昏》、《山雨》、《春花》，散文集《北国之春》、《青纱帐》，以及诗集《王统照诗选》等。

清明登千佛山

登临万感郁茫茫，九点浮烟是故乡。
十万人家烟花地，江山虽好总苍凉。
更叩禅关上复关，凭栏小立意悠悠。
黄河映带鹊华外，剩水残山眼底收。

（选自《济南文艺》1980 年第 4 期）

雨后明湖远眺

一片茭芦打浆声，明湖十里晚来行。
荷花欲折不堪折，水底翻惊鸂鶒鸣。
隐隐云鬟顷练光，红衣初整凌波妆。
行人不道归来晚，偏摘莲心着意尝。

明湖新柳

一湖烟雨雪初晴，夹岸柔条别恨萦。
拂水莫知攀手苦，嫩寒先骋舞腰轻。
晓舒媚眼临清镜，欲散春愁遍锦城。
迎送春风无气力，佳期飘荡问流莺。
清阴不减路尘灰，望尽轻黄半未匀。
万缕湖光牵客眼，一丝波影荡春痕。
东风初舞黄金曲，南浦已销碧玉魂。
莫教他时随逝水，妆成先谢玉皇恩。
碧烟几曲泛轻桡，湖上轻寒惹嫩条。
如此年华逝绿水，不禁风雨舞红桥。
伤春晓识腰肢瘦，对镜难描眉样娇。
江南江北春汛早，年年先到莫愁湖。
新妆三五影婆娑，摇曳东风未肯和。
学舞长堤莺语涩，送人轻棹酒痕多。
燕穿弱残寒犹重，尘逐清流绿未波。
好待花朝打桨过，如丝如线奈愁何。

李公祠晚眺

十里明湖好放船，水心亭外柳如烟。
凭栏小立荷深处，点点斜阳入暮天。

（原载于《济南吟赞》，济南出版社 1991 年出版）

余 修

余 修（1911.5～1984.12.），山东济南人。曾任华东大学教务长，山东大学副教务长、党组副书记，山东师范学院院长兼党委书记，山东省红十字会主席，中共山东省委文教部长，山东省副省长兼高等教育局局长，山东省政协副主席。著有散文《往事集》，诗歌集《扬帆集》、《鹊华诗草》以及《余修文集》等。

千佛山

石佛无多山林静，九点齐烟雾朦胧。
明湖春晓烟云蒸，黄河如带远眺明。
拾级登临翼然亭，翠微深处笑语声。
晨昏麓脚太极行，夜半灯火明灭中。

大明湖

唐人留句古历亭，绿柳红莲山倒影。
渔舟唱晚诗味浓，一片大明有画景。
湖心亭前请留影，北极阁上放歌声。
铁铉当年英雄胆，沧浪回廊怀古情。

余　修

趵突泉

一代词人遗故园，园林潇洒似江南。
踏遍名泉七十二，历水追溯在泺源。
钟灵毓秀柳含烟，黄花卷帘耀词坛。
文采风流代代有，漱玉泉前花如燃。

（原载于《山东文学》1982 年第 10 期）

王希坚

王希坚（1918－1995），山东诸城市人。1937 年加入中国共产党，1941 年任八路军独立旅政治宣传科科长，后任山东省农会宣传部部长，《山东群众》、《群众文化》主编。新中国成立后，曾任新华书店山东总分店编辑部副主任，山东省文联编创部部长、副主席，中国作协第一、二届理事。著有长篇小说《地覆天翻记》、《迎春曲》、《雨过天晴》，诗集《翻身民歌》等。

爱泉城

春回腊尽转清明，淡荡晴空拂煦风。
不羡江南山水景，故乡我自爱泉城。

（原载于 1986 年 2 月 1 日《可爱的济南》）

名　塑

名塑缘何享盛名，形神血脉栩如生。
仙佛未脱人情味，美在尘寰忧乐中。

王希坚

重游灵岩

峭壁奇石一隅光，悬崖倾护可公床①。
心甘淡泊襟怀广，身卧坚岩节气刚。

（原载于《济南吟赞》，济南出版社 1991 年出版）

---

① 可公床：相传明代灵岩寺住持真可常于寺中一平卧的大石上休息，后人称此石曰“可公床”。

贺敬之

贺敬之（1924— ），山东枣庄人。16岁投身革命，曾任鲁艺文工团创作组成员、华北联大文学院教师、中央戏剧学院创作室主任、《人民日报》文艺部副主任、文化部副部长兼文学艺术研究院院长、中共中央宣传部副部长兼文化部代部长。中国文联第四届委员，中国作协第一、二、三、四届理事及第三届副主席、书记处书记，第五届名誉副主席，中共第十二、十三届中央委员，第七届全国人大常委。著有诗集《放歌集》、《贺敬之诗选》，长诗《回延安》、《放声歌唱》及《贺敬之文集》（六卷）等。与丁毅执笔创作的我国第一部新歌剧《白毛女》，获1951年斯大林文学奖。

游趵突泉大明湖有感

湖想稼轩北固楼，泉思漱玉蚱蜢舟。
唯愿二杰愁写尽，从此鲁歌无隐忧。

（原载于1987年10月16日《大众日报》）

游趵突漱玉二泉

趵突思源远，漱玉引情长。
遥听鬼雄句，羡我访故乡。

贺敬之

观灵岩寺名塑

传神何妨真画神，神来之笔为写人。
灵岩四十罗汉像，个个唤起可谈心。

寻辛弃疾旧踪

南奔有志岱峰壮，北归无期灵岩哀。
今寻幼安擒叛地，午梦点兵呼我来。

长清新城留别

长清人间真似幻，灵岩仙家幻似真。
文物整旧应如旧，河山当改万里新。

（原载于《济南吟赞》，济南出版社 1991 年出版）

李子超

李子超（1921—2002），山东沂南人，1939年8月参加革命工作，并于同年加入中国共产党。曾任共青团山东省委秘书长、山东省交通厅副厅长、山东省委副秘书长、山东省委秘书长兼统战部部长、山东省革委会副主任、山东省委书记兼秘书长、山东省政协主席兼党组书记等。著有诗集《心印集》、《白驹集》、《无邪集》。

春满泉城

无边春色润泉城，争俏湖山百媚生。
十里长屏千佛秀，一方平镜大明清。
群蜂采蜜期功就，双燕衔泥筑巢成。
立异标新广厦起，车如流水马如龙。

龙　洞

三峰竞秀一峰幽，大禹开山导水流。
千米洞长千佛立，苍天如盖印高秋。

水调歌头·读李清照词

词苑冠婉约。诗少却雄奇。锦绣天衣无缝，冰盏满珠玑。一派真情如水，笔下尘无半点，沧海挂云旗。灼灼惊人句，桃李自成蹊。　　忧国破，悲家灭，愁乱离。蓬转半生漂泊，爱国志无移，巾帼文坛巨匠，不逊须眉泰斗，苏轼辛弃疾。把卷临风唱，天际见霞霓。

浪淘沙·四里山观雪

莽莽看环山，瑶顶华巅。红装素裹艳阳天。九点齐烟着素冠，绝妙奇观。　　瑞雪兆丰年，铺垄平田。洋洋喜气却奇寒。缚住玉龙听我用，重整河山。

（原载于《齐鲁百年诗词选》，齐鲁书社 2011 年 2 月出版）

徐北文

徐北文（1924. 4—2005. 12），山东泰安人。济南教育学院教授、山东文史研究馆馆员、济南诗词学会副会长。第八届全国人大代表，享受国务院政府特殊津贴。著有《先秦文学史》、《海岱小品》、《徐北文文集》、《济南竹枝词》等。

济南初春

洒窗细雨报新春，户外青青不染尘。
披拂柳眠开睡眼，妖娆桃笑抿朱唇。
红楼软语谁家女？绿绮轻弹何处琴？
最是裙衫花似海，长街十里看行人。

沁园春·咏菊

巧剪白云，精镂翡翠，妙贴莺黄。似仲夏菡萏，乍披金镂；三春芍药，忽著霓裳，玉女琼瑶，鸾飞凤舞，漫斗西风飘冷香。东篱下，看绿袍金甲，酣战严霜。　　试同秋菊商量，且随我凌空游八荒。向匡庐山侧，偕探彭泽；屈原吟畔，共问沅湘。喜报诗人，当今祖国，遍地桃源兰蕙芳，百花放，请彩毫挥写，大块文章。

（原载于《济南吟赞》，济南出版社 1991 年版）

徐北文

泉城自古是诗城

才华横溢泉三股，字吐珠玑水一泓。
多少诗人生历下，泉城自古是诗城。

七桥烟月

海岱泱泱齐鲁风，七桥烟月碧玲珑。
北人南相泉城好，千古风流唱大东。

荷　情

大明湖畔乍相逢，柳是长眉水为瞳。
荷叶一枝权作伞，半天烟雨绿蒙蒙。

柳　意

裙影姗姗芳草新，绿罗轻裳小腰身。
忍看今日湖西柳，犹自婀娜效美人。

李开先

万卷楼前豪气多，“词山曲海”心情歌。
白云湖里菱荷醉，风月满船访雪蓑。

旧云庄

故居难觅旧云庄，万顷稻田鱼米乡。
漫道春风醇似酒，北园十里菜花香。

重阳登千佛山

重九枣红柿子黄，肩儿携妇陟山岗。
齐烟坊下争留影，佛慧试茶看海棠。

莫把江南认济南

四面青山绕稻田，家家杨柳拂清泉。
风光自属山东省，莫把江南认济南。

（以上诗词原载于《济南竹枝词》，济南出版社 1999 年 10 月出版）

罗立斌

罗立斌（1917.3—2009.3），广东东莞人。曾任志愿军师政委、文化部长、兵团政治部副主任。中共广西壮族自治区区委宣传部副部长、广西壮族自治区人民政府副主席等。著有《溪海集》、《八年烽火战卢沟》、《战迹游踪》、《伏枥集》等。

登解放阁

新城古郭眼前收，屹峙东南解放楼。
首捷连来三大役，百年转折一关头。
黄淮杀敌金陵乱，燕赵放歌大愿酬。
我自来仰诸节烈，恒思后乐勤先忧。

（原载于《济南吟赞》，济南出版社1991年出版）

顾 随

顾 随（1897.2—1960.9），河北清河人。新中国成立前先后在燕京大学及辅仁大学任教。新中国成立后曾任辅仁大学中文系主任、天津师范学院中文系教授等。著有《稼轩词说》、《东坡词说》、《元明残剧八种》以及旧体诗词集等。

湖畔二首

一

杨花点点菜花齐，流水声中夕阳低。
小立东风如中酒，青蛙毡笠板桥西。

二

山头怪石紫还青，天际云低雨乍晴。
燕子归来三月半，春波欲泛济南城。

（原载于《济南吟赞》，济南出版社1991年出版）

郭沫若

郭沫若（1892—1978），原名郭开贞，字鼎堂，号尚武，四川乐山人。著有《郭沫若全集》38 卷。

趵突泉

地下汪洋水，形成趵突泉。
珍珠随处涌，金线自然牵。
普天诚第一，历世岂三千？
濠上知鱼乐，欣逢跃进年。

溪亭泉

七二名泉莫与京，才观趵突又溪亭。
珍珠潭底鱼三尺，一片琉璃入大明。

大明湖

湖船题遍诗人句，诗句虽多不及湖。
闻有芙蕖待秋月，已看杨柳化鹅雏。
济南民众超名士，历下楼台胜古都。
我欲举杯邀杜李，问今佳兴复何如？

登历山

俯瞰齐州烟九点，踏寻崖窟佛多尊。
半轮新月天心吐，一片东风扫雪痕。

看《借亲》

——赠吕剧团

东风送暖百花香，开到芙蕖韵满塘。
一片清芬无限意，大明湖畔柳丝长。

题济南李清照故居

一代词人有旧居，半生漂泊憾何如？
冷清今日成轰烈，传颂千秋是著书。

（原载于《济南吟赞》，济南出版社 1991 年出版）

王砚耕

王砚耕（1927—1993），山东五莲人。曾任中共济南市委副秘书长兼办公室主任、中共济南市委常委兼秘书长、中共济南市委统战部长兼市政协副主席、济南诗词学会会长等职。著有诗歌集《鹊华吟》、《稷下风》等。

临江仙·锦绣川水库

锦绣山川照眼明，静中贯耳蝉鸣。平湖浑有桃源风，心猿驰画景，意马荡诗情。　　更喜天晴雨过后，群峰倚绿偎红。良朋觞咏醉朦胧，渔歌争唱晚，月影透窗棂。

新荷叶·环城公园

带水环流，惊喜刮目一新。鸟语花香，芳草修竹茂林。龙吟虎啸，看槛泉，水涌若轮。琵琶桥上，俯视嬉戏锦鳞。　　解放阁巅，纵览历下风云。对景兴怀，陈醋美酒重斟。相聚于斯，比兰亭，强着十分。一觞一咏，赏心乐事良辰。

临江仙·洪范池

半亩方塘明若镜，涓涓浸溢有常。叮当琴韵回廊。鲤翻红锦浪，水送碧泉香。　　旱涝千秋不变样，涓涓浸溢有常。临池仨俩醉流觞，吟诗成雅趣，消暑好乘凉。

江神子·东龙洞

群峰叠翠走蛇龙，探名胜，港沟东。曲径藏幽，喟叹巧天工。理想桃园何处是，峭壁下，咫尺中。　　春风秋雨几重重，石林秀，瑶池清。胜景连绵，钟乳显神功。千载沉藏今方醒，迎盛世，展新容。

一剪梅·霸王坟

逐鹿中原论短长，刘伐秦皇，项伐秦皇。鸿门宴上意彷徨，千断人肠，万断人肠。　　含恨别虞在乌江，话亦刚强，死亦刚强。荒陌虽有黄花香，风也凄凉，雨也凄凉。

高阳台·秋高龙洞诗会

溪涧幽深，危峰壁立，透迤十里流光。菊瘦枫红，傲霜摇曳情长。横空雁阵天涯远，醉煞人，大块文章。最难得，踏遍青山，不觉斜阳。　狂吟漫咏唐风韵，细推敲切磋，联句飞觞。今日东皋，何时酣畅熊湘[①]？黑云翻滚群魔舞，断愁肠西域苍茫。唯中华，热气腾腾，喜气洋洋。

（原载于《鹊华吟》，济南出版社 1992 年 7 月出版）

① 熊湘：山名。《史记黄帝本纪》载：黄帝南至于江登熊湘。

耿建华

耿建华（1948— ），祖籍山东寿光，生于济南。教授。曾任山东大学文学与新闻传播学院副院长、中华诗词学会理事、山东省诗词学会副会长、山东省当代文学研究会副会长、中国毛泽东诗词研究会理事、山东毛泽东诗词研究专业委员会副会长等。著有《中国现代朦胧诗赏析》、《台湾现代诗赏析》、《诺贝尔文学奖获得者诗歌赏析》、《新时期诗潮论》、《诗歌的意象艺术》、《三千年诗话》、《诗歌的意象艺术与批评》，以及诗集《青春鸟》、《白马》等。

沁园春·泉城

华鹊腾飞，历下烟迷，猛浪向东。眺柳云翻卷，泉清趵突；荷香缥缈，湖映苍穹。漱玉弹琴，五龙戏水，海右名亭誉世中。金风好，画三川锦绣，万紫千红。　　济南名士称雄，忆清照叹春红瘦中。赞稼轩剑舞，壮怀激烈；开先狂啸，气贯长虹。边贡擎杯，七仙雅聚，领袖诗坛有攀龙。登楼望，喜新松满目，郁郁葱葱。

菩萨蛮·历城出泉沟

鸟怜彩锦归巢晚，车行秀绿山溪满。林野醉淹留，炊烟淡菊秋。呼朋开好酒，苍翠迎白首。风起寄遥思，忆君对月时。

八声甘州·黄河

对鹊华烟雨眼前来，长河泻金波。看堤龙狂舞，铁桥横跨，绿稻红荷。昔日狂涛骇浪，人或喂鱼鼍。禹斧开河道，费尽蹉跎。　　雪域高原孕育，跨千层黄土，万古消磨。叹英雄豪士，都付与旋涡。想龙门，狂扑万虎，啸惊天，荡尽鬼邪魔。舒坦荡，望帆归处，云淡风和。

花心动·伤别

春水清清，堤柳绿，山野天高云淡。携侣重游，华鹊横空，执手共寻花艳。轻舟未解离情缆，心意乱，离情凄惨。腮边泪，盈盈欲滴，皱眉难敛？

一去经年念念。梦海也无船，浪高礁险。耳畔君音，字字可心，细细逐一翻检。落花流水水流东，夜来更觉星光黯。紧握手，此刻千金难撼。

高阳台·大明湖

画舫悠悠，红荷绽放，和风细雨轻柔。蒲草青青，白杨垂柳孤洲。七桥正待东升月，历下亭、名士风流。铁公祠、尤记丹心，廊庙貔貅。　　名泉汇聚千年碧，木兰舟摇落，小院清秋。携友邀朋，品茶对酒观鸥。笑谈今古民间事，藕为神、玉蕊含羞。雪凝桥、竹韵藏幽。妙哉明眸。

水龙吟·华鹊新图

平畴沃野秋风，大河宛转东流去。华山耸峙，含苞万古，穿云破雾。隔水相招，鹊山虎卧，险崖高树。扁鹊留遗迹，残碑茂草，茫茫夜、潇潇雨。

休问蒹葭生处，大湖消、难寻舟橹。而今重绘，水乡风貌，龙舟争渡。华鹊图新，稻香荷艳，白云苍鹭。华苞开放日，月明惊鹊，锦蛇狂舞。

双声子·出泉暮雨

晚山萧索，断云零雨，乘兴擎伞南游。出泉风景，群峰环绕，村落暮霭初收。树伸绿腰，幽径远，斜立芜丘。苍茫处，暗飞影，唯闻溪水悠悠。

待秋黄，山果摇灿烂，提篮挎篓轻收。重山如画，云涛烟浪，横斜坝畔扁舟。采菊东篱下，嗟漫叹陶令风流。斜阳暮雨潇潇，洗清万缕闲愁。

风入松·水帘峡

水帘飞动下青山，九十九峡喧。桃花水母深潭戏，轻云卷、梯子山巅。石画天然生就，令人忘返流连。　　繁花野树笼云烟，欢笑满山川。呼朋唤友漂流乐，览清碧、胜似神仙。泉水叮咚甘冽，天池如画高悬。　　满座衣冠似雪。听见否、悲歌未彻。莫忘人间不平事，舞长鞭、把酒消心结。谁共我，醉残月。

（原载于《岱风海韵》，山东大学出版社 2001 年 9 月出版）

邢玉墀

邢玉墀（1936.7— ），山东武成人。曾任济南市人事局局长、中共济南市委常委兼组织部长、济南市政协副主席、济南市名泉研究会会长等职。著有《新七十二名泉诗集》、《古韵新歌》等。

北海银滩

碧海一夜生春潮，青天更有云影摇。
游人争戏银滩水，不尽诗情到紫霄。

火焰山

朝为青黛午正红，烈烈气焰烧晴空。
男儿有志胸中纳，何必如此露峥嵘？

（以上两首原载于《古韵新歌》，济南出版社2010年6月出版）

雪野湖

地出明镜水波平，山峦倒影一脉青。
最爱渔翁闲如画，湖山垂钓沐晚风。

（原载于《行吟齐鲁》，线装书局2013年8月出版）

刘玉民

刘玉民（1951.2— ），山东荣成人。文学创作一级，享受国务院颁发的政府特殊津贴。中国作协第五至八届全国代表大会代表，山东省政协第八至十届委员、文化组副组长。曾任济南军区写作组成员、炮兵政治部文化干事，济南市文联副主席、作协主席，山东省文联副主席，山东文人书画院院长等职。著有长篇小说四部，长篇报告文学（集）四部，剧作选三部，散文集、诗歌集各一部，中短篇小说多篇。长篇小说《骚动之秋》获第四届茅盾文学奖，有的作品被介绍到国外。

题画诗

绿树如云景色新，无边创意几为真？
衰年变法何从见，八怪其实是精神。

（原载于2007年1月21日《人民日报》）

两　难

古来文人有两难，既做学问又当官。
心是炼狱苦千种，身在层云恨百端。
何不学习陶县令，采菊东篱看南山？

一声啊呀颜色变，两难两难且两难。

（原载于《山东文学》2007 年第 5 期）

黄果树瀑布

万山膜拜一帘清，喷珠吐玉十里虹。
洗尽三生尘和泪，虎啸雷鸣亦诗声。

（原载于《山东文学》2007 年第 5 期）

田　园

三畦青菜四棵桃，五月石榴如火苗。
门前老父自得乐，阶上小狗竞撒娇。
院外儿孙追木马，屋里妻子呵馋猫。
田园有诗能醉客，未曾开口已陶陶。

（原载于 2008 年 3 月 24 日《人民日报》）

荷花宴

荷花居然佐琼浆，酥炸软蒸有新香。
但得入内能祛浊，人心自此透清芳。

（原载于《山东竹枝词》，山东文艺出版社2011年1月出版）

自度曲·夜半起高楼

夜半起高楼，风也迷离月也幽。弃兰舟，罢美酒，也非悲怆也非讴。几度复依旧。悠悠。　　耿耿夫何求？盛世漫说天下忧。一分命，二分病，三分儿女四分秋。毕竟是闲愁。羞羞。　　平生羡鸿酋，从来雄豪意难酬。说诸葛，道毛周，何曾星汉失斗牛？但得诗书留。休休。

自度曲·春在玉兰头

庭间一湖幽，丛丛新瀑池边柳。山灵秀，水环游，草地佳人舒长绸。春在玉兰头。浏浏。　　风轻日暖袖，半世犹把鸳侣求。诗书同，笔墨修，人生难得是情投。但得两心酬。讴讴。

（以上二词原载于2011年12月26日《联合日报》）

刘玉民

自度曲·不事农桑久

不事农桑久，一从离乡四十叉。春盼雨，夏怕沤，秋来丰歉喜且忧。都付尘水流。丢丢。　　槐花今又嗅，野香勾起前世由。三分园，一池藕，诗书笔砚朋和酒。神仙亦何求。酬酬。

（原载于《中华诗词》2013 年第 1 期）

秋　叶

一夜红黄透林垭，秋叶居然胜春花。
老霜酿就英雄色，醉倒九天神仙家。

（原载于《中华诗词》2014 年第 3 期）

一　日

一日才去一日追，半世云烟已成灰。
少小只嫌时光慢，老大但恨日月催。
青山更喜年轮远，华发偏恼逝波飞。
古来悲叹莫须论，我自日日携春归。

（原载于《中华诗词》2014 年第 3 期）

潘宗纪

潘宗纪（1946— ），山东临沂人。曾任济南军区炮兵政治部秘书处副处长、济南军区联勤部第三干休所政委、济南军区老干部书画研究会秘书长、济南军区《老战士之家》副主编、济南市作协顾问等职。著有散文诗歌集《胜景欣赏》，长篇游记集《五洲揽胜》、《五洲揽胜（续）》，文学论著《走近样板戏》等。

孔府思

至圣先师府邸深，冠世豪名抵天云。
可叹人间无完美，精华糟粕几人分？

高庙地狱思

中卫高庙两重天，地狱深蛰底层间。
观音地藏威严貌，刑具馆舍列堂前。
人生是非重审视，惩恶扬善把关严。
天堂地狱虽虚幻，警钟长鸣不枉然。

（原载于《胜景欣赏》，中国文化出版社2007年2月出版）

朱德源

朱德源（1948— ），笔名竹川，字至清，山东济南人。著有《济南山水诗》、《江山行吟》、《史海行吟》、《浮世行吟》等。

济　南

杯水九州向泺倾，天开形胜胜金陵。
南瞻岱岳万峰翠，北走清黄二渎横。
百代好汉生历下，千年名士出泉城。
苏杭漫道桂林并，休在仙都夸帝京。

（原载于《中华诗人年鉴（2007—2008）》）

谒白雪楼

三十年前白雪飞，三十年后白雪归。
大雅不随芳草灭，济南天半卷峨嵋。
登临我借沧溟水，啸傲但凭历下威。
总是泺源呼旧主，泰山紫气去来回。

名士阁抒啸

蛟龙出水雨跟随，潭内龙宫碧玉堆。
翕忽八荒阴雾布，倏然四野遍霆雷。
欲乘仗剑除贪鬼，白日晴天何又为。
借醉当歌长啸去，少陵宴后几追随？

初游五峰山

古宫几载盛衰别，断壁残垣心欲裂。
秦柏识斯丞相文，石碑亦说汉皇碣。
百阶磴道悄无人，千棵老松终伴阙。
空有鸣泉不胜情，寒鸦啼落五峰雪。

（原载于《中华诗人年鉴（2009—2010 年）》）

白　泉

东瀛巨窟沸腾开，万载不休何壮哉。
银汉倒倾充怒浪，钱塘翻滚日徘徊。
欻如彩电破空出，隐若白龙呼啸来。
百代赢回青眼几？沧溟独自避尘埃。

（原载于《中华诗人年鉴（2007—2008 年）》）

韦辛夷

韦辛夷（1956. 9—　），山东淄博人。中国美协会员，一级美术师。济南市文联副主席、山东省美术家协会副主席、山东省书画学会副会长。著有《提篮小卖集》等。

《仕女梅花图》题识·素梅邀月

曾邀清梦入小园，琼枝扶疏掠轻寒。
无语闷闷留香久，有怀依依不记年。
点染春梦书无字，了却秋思静还喧。
才将逸心留浅影，不觉已是五更天。

满庭芳·仲秋

地迥天高，阑干夜色，转眼又是仲秋。精魄时掩，欲隐露还羞。风动家国万里，挥不去，飒意悠悠。抬头看，浮烟弄影，是月满时候。　　熙熙人世态，悲欢难料，尊意难周。殢扰尤闲云，才散还收。秃笔疾调宿墨，画高士，邀月吟讴。东坡问，无眠绮户，宫阙可清幽？

行香子·吊辛弃疾

才逸情多，不让东坡，醉吟西风唱悲歌。太阿在手，心曲谁拨？忍心上忧，眉间恨，眼中波。　　曾驾长车，壮岁横戈，美芹十论意难说。妒封李广，能饭廉颇。再拍栏杆，推松去，挑灯些。

（原载于《提篮小卖集》，山东画报出版社2008年12月出版）

邹卫平

邹卫平（1954.5— ），山东淄博人，中共党员，管理学博士，高级经济师。曾任共青团济南市委常委、中共济南市委办公厅副主任、市委副秘书长、章丘市副市长、舜耕山庄总经理兼党委书记、济南市文化局党委书记兼局长、济南市文联主席兼党组书记、济南市文艺评论家协会主席、中国李清照辛弃疾学会副会长、济南市政协常委、济南诗词学会副会长等职。著有《砚耘丛著》、《砚耘斋课吟》、《历山笔耕集》。

看电视连续剧《闯关东》有感

海岱先驱未了青，移民壮举史诗铭。
家仇国恨沧桑路，背井离乡济世穷。
黑水白山功烈烈，齐魂鲁魄铁铮铮。
守疆拓土携兄弟，勇闯雄关奋复兴。

（原载于2008年2月6日《中国文化报》）

济南市京剧院看《辛弃疾》

将军北顾射天狼，不悔终生图复疆。
醉梦驱驰征塞外，栏杆碎处恸国殇。
十芹九议血凝就，百贬千责砺栋梁。
未负稼轩乡党辈，弘词诗剧奉心香。

（原载于2008年11月5日《中国文化报》）

济南原创文化旅游剧《齐风鲁韵》首场观后

箫韶曼妙动歌吹，旷代箴言万载垂。
海岱禅茶薰赤县，稼轩漱玉隽思飞。
曲山艺海春秋颂，西柳东荷世纪辉。
主雅宾勤缘好客，八方友至乐如归。

（原载于2009年10月14日《中国文化报》）

读《韩美林传》

寒门古巷孕泉琛，闾壁涂鸦获画纯。
四里恩蒙培艺品，八公草树养德仁。
十年浩劫磨肝胆，五载高墙砺骨筋。
沥血呕心真善美，万般典创蔚成林。

（原载于《砚耘斋课吟》，作家出版社 2012 年出版）

电视纪录片《孙中山与济南》观后

际会风云忆百年，泉湖历麓念中山。
弘扬主仆发民智，款论通途策路宽。
两度摧枯销帝孽，三民鼎举共和篇。
曾彰拓埠忭豪俊，瀚史频褒炳泝源。

（原载于《齐鲁新视听》2012 年第 9 期）

靳　秋

靳　秋（1956—　），原籍河北安平，生于济南。现为九三学社山东省委宣传部长，山东省诗词学会会员，中华诗词学会会员。在各类报刊发表作品百余篇（首）。

白帝城询

吹笙落梅正西风，雪书云疾白帝陵。
挥鞭长啸千古恨，策马挥毫论英名。

（原载于《当代小说》2008 年第 6 期下半月刊）

问　秋

薄雨问秋弄翠柳，寒意空廓亭外愁。
寂寞倚栅观波浪，待到海边望归舟。

（原载于《当代小说》2008 年第 6 期下半月刊）

祝英台近·小年立春

零余雪，春意淡，又是腊月雨。小年寒风，不忍岁华去，街上爆竹几点，青梅冷放，人声稀，朱门莺语。　　望桃符，邻家楹联新漆，行令酒香溢，却我信步，踏尽千重醉。遥看万里云外，几度惊叹，冷美夕，山水如碧！

（原载于《中华辞赋》2009年刊）

满江红·屈原赋

幽思长愁，咏离骚，浩瀚缠绵。修才德，志向正义，报国举贤。大度博闻叱天下，胸怀兴邦诉衷言！可惩悲，再遭罹与患，小人谗。　　一腔血，染《九歌》，日月沉，两缠绵。路漫求索兮，汨罗魂还。仙界神侠驰骋去，以身劳心楚千年。搏风雨，情怀谱雄篇，侍河山。

孟宪杰

孟宪杰（1945.5— ），山东章丘人。曾任章丘市市长、中共章丘市委书记、中共济南市委统战部长、济南市政协副主席、济南市儒商文化研究会会长等职。著有散文集《生命的村庄》、《吴泽浩孟宪杰诗书画集》等。

日月潭

一叶小舟任自漂，日月两潭尽逍遥。
青烟缕缕接远岫，细雨蒙蒙风自摇。
谁知雨歇云雾散，一潭清波斜阳照。
船头对酌有老酒，酒不醉人人自倒。

秋　种

夜过子时未打更，酷热渐退起南风。
趁凉双双下地去，人困牛乏天未明。

黄昏对酌

树下一壶酒，相邀几老翁。对视两鬓白，笑看夕阳红。
回首心无憾，诗酒度余年。知己千杯少，醉卧沐晚风。

两会闭幕回故里

半生禁锢今释然，轻松自由又一天。
瑞雪纷飞踏故里，笑对顽童忆当年。

大寒之日庆昌家

隆冬人寒日，邀我到农家。
檐下冰凌长，墙角雪未化。
晌间三杯酒，饭后一壶茶。
谈笑风生起，催开蜡梅花。

（原载于《吴泽浩孟宪杰诗书画集》，济南出版社2009年9月出版）

王寿春

王寿春（1920—2013），山东寿光人。曾任济南市人委副秘书长、民族事务委员会主任、济南市市中区委书记、济南市财办主任、济南市第八、九届人民代表大会常务委员会副主任、明湖诗词学会会长等职。

清明节祭烈士墓二首

一

肃穆陵园野草青，鲜花翠柏伴英灵。
风来犹闻松涛吼，疑是忠魂叱咤声。

二

当年战场身许国，洒尽碧血洗山河。
英烈今朝观盛世，九泉含笑舞婆娑。

登解放阁

高阁凌云气势雄，玲珑雕砌刺晴空。
清溪环绕柳丝碧，秀丽山河血染成。
聚歼残敌十万众，献身英烈破此城。
登临极目沉思远，难忘当年激战情。

游红叶谷

万木丛中绿映红，金谷秋色染丹枫。
齐城一线逶迤去，壁立群峰气势雄。
野鸟争鸣歌不尽，苍鹰啸傲凌长空。
山林美景迷人醉，潇洒秋光无限情。

满江红·白云湖

山依白云，汇百脉，红花绿柳。明水地，乡江夹岸，香飘玉秀。岁月弥留灾祸仍，饔飧不断难糊口。白云飞，兴利富国民，谋已久！　　引黄水，排污垢。支干渠，纵横布。苇蒲丛翠生，红莲白藕。浅底鱼游鸥鹭戏，麦翻巨浪稻丰收。群情奋，致富勤劳得，凯歌奏！

诗 兴

国运昌兮诗运兴，明湖结社应时生。
济南自古文风盛，美景名泉诗满城。
难做兰亭雅聚梦，流觞曲水有遗风。
休言尽是雕虫艺，言志抒怀饶有情。

心 愿

潋滟湖光似镜平，垂杨柳岸夹桃红。
轻舟荡漾沁翰墨，莲藕飘香动吟情。
泺水源头逸兴涌，五龙潭畔百花明。
无心眷恋风花月，愿祝神州旭日升。

（以上诗歌原载于《泉城风韵》，中国文联出版社2009年10月出版）

孙春亭

孙春亭（1943— ），字龚辰，号贝乡耕人、书剑斋主，山东武城人。一级文学编辑。中华诗词学会会员、山东书法家协会会员、山东作家协会会员、中国电视艺术家协会会员、济南明湖诗词学会副会长兼秘书长、《山东老年书画报》主编。出版有电视文学剧本集《野蔷薇》、诗集《昨夜风》、散文集《岁月真情》、诗书集《孙春亭诗书艺术》等。

千佛山拴马槐

拴马秦琼去，斯槐便美名。
时光催干老，风雨润根青。
缘是母慈至，还因子孝诚？
相依亲母子，演绎世间情。

弥陀新语

因恋泉城好，才居千佛前。
明湖当世镜，趵突洗心田。
抚路弹新曲，盘楼说九烟。
腹宏容万盛，笑面示千年。

朱家峪纪行

青山遮古村，村古生神韵。
刻石遗先德，藏书传祖训。
枫林多画染，花雨飘芳讯。
幽谷钟声远，城妆倩影近。

（原载于《孙春亭诗书艺术》，山东人民出版社2009年12月出版）

翟泰丰

翟泰丰（1933.5— ），河北唐山人。曾任中共中央宣传部副部长、中国作家协会党组书记，政协第十届全国委员会常务委员、科教文卫体委员会副主任，中国作协名誉副主席等职。著有剧本《冰封之前》、《双喜临门》、《老卫士》，文集《羽家诗词选》、《羽家文集》等。

观山东文人书画院展出有感

泉城飞燕荷满池，绿树鲜花遍地诗。
百家挥毫千人墨，小桥暗笑雨来迟。

咏趵突泉

七十二泉泺源堂，水神造水岳中藏。
趵突泉源喷不尽，曾巩知州见识长。

咏鹊山湿地

一泓碧水望无边，白鹤起舞伴其间。
百里鹊山千株树，万棵绿苇黄河滩。

唱大明湖

广厦临池绕云霞，大明湖镜映万家。
千里青黛伴蓝天，俏美泉城披银纱。

（原载于2010年8月18日《济南时报》）

宋彩霞

宋彩霞（1957— ），山东威海人。中华诗词学会理事，《中华诗词》杂志编辑部主任，山东省诗词学会副会长，威海市诗词楹联学会副会长，中华诗词学会研修班导师。著有《秋水里的火焰》、《秋虹》、《白雨庐集》、《黑咖啡》、《白雨庐诗文集》、《白雨庐词》等。

大明湖访荷

一抹朝阳辟野塘，
风肥雨足矗中央。
每从水里种消息，
更向明湖索妙香。

（原载于《秋虹》，作家出版社2010年1月出版）

鹧鸪天·一瓣冰心

萧瑟风声不可扶，花残梦老抱枝枯。无边夜月和谁说，一瓣冰心隔水呼。天莫问，且糊涂。古今幽恨总唏嘘。一枝犹绽秋霜里，欲把芳魂贮玉壶。

（原载于《秋水里的火焰》，大众文艺出版社2008年12月出版）

玉楼春·明湖畔

诗情就在明湖畔，波细风轻流拍岸。红鱼逗浪逐兰舟，惹得游人频顾盼。
浩歌九曲真情唤，仙径画桥常在眼。伊人今日水之湄，正借花繁书烂漫。

（原载于《白雨庐集》，线装书局2012年3月出版）

初访大明湖偶得三首

一

泉城脚下月光多，皎皎回环百代歌。
我取明湖波一缕，风烟雨雪任它磨。

二

雨霁江山秀，桑榆惜晚秋。
湖光风外落，花影楫中流。
泉水和云掬，词风倚醉搜。
匆匆留一顾，漫卷信天游。

三

久有清波约，来寻水上奇。
方嫌灵韵少，岂信彩云迟。
借得玲珑笔，催开浩荡诗。
青莲歌又起，难改一襟痴。

（原载于《秋虹》，作家出版社2010年1月出版）

泉城放歌

溪流涓涓泛碧波，便有春潮发浩歌。
璞玉仙姿当世少，泉城美景古来多。
水波日影分平仄，花律风情聚太和。
驭浪蛟龙何处去？惊涛呼啸醒山河。

贺山东诗词学会
第三次会员代表大会召开

兰台今日聚时贤，喜看朝阳挂满天。
琼管缤纷诗百万，熏弦稠叠曲三千。
历山高接青云际，艺苑新翻碧玉篇。
好向潮头书大韵，泉城气象史无前。

（原载于《白雨庐集》，线装书局2012年3月出版）

牛维城

牛维城（1944.9— ），山东济南人。中华诗词学会会员，著有《济南七二名泉词集》、长篇小说《黑云彩》、诗集《回眸》等。

水调歌头·金线泉

金线浮池面，缥缈细纤纤。不知出自何处，池外亦无边。欲探游丝来路，手扯密波水幕，线断义相连。红日开颜笑，愉悦在人间。　　串东海，牵西域，聚清泉。不拘今古，金线穿越上千年。情切纫穿众水，意笃连接叠浪，汇碧澈流欢。金线连惜谊，世界共团圆。

渔家傲·柳絮泉

柳絮纷纷缠水线，阳春三月穿飞燕。白浪绿波叠翠溅。游客恋，潜荫浮影更千遍。　　亭榭翘檐濯日灿，楼台幽静清风串。竹叶摇云描画卷，凝神看，易安正作《声声慢》。

牛维城

苏幕遮·望水泉

望登州，流湛露，万木葱茏，人世悠闲处。桥上缥缈云雾路，隐现浮亭，梦幻抒情趣。　　探高低，轻迈步，颤颤悠悠，讯问留仙寓。对面竹林声簌簌，这里荫幽，正是聊斋处。

（原载于《齐鲁百年诗词选》，齐鲁书社2011年2月出版）

孔繁勤

孔繁勤（1936. 7— ），山东曲阜人。济南诗词学会理事。曾任济南市国家税务局副局长。发表诗词多首。

忆王孙五首

舜　园

图腾凤鸟对龙盘，泺水悠悠叠玉泉。暑往寒来几变迁，怅风烟，柳下松荫览舜园。

双女祠

飞波流韵水涟漪，趵突泉清映玉祠。望断潇湘妃泪滴，奉南嶷，杨柳年年尽染枝。

娥英河

三泉流碧汇春秋，化作娥英泪水流。月满七桥思满舟，水悠悠，天意从来莫细求。

北渚亭

千秋遗赋古之风，老去荒亭有旧踪。帝子高台对远峰，望晴空，月下常闻远寺钟。

舜耕山庄

舜耕佳话历苍黄，绿瓦红墙砌短长。圣帝儿孙谱几行，细端详，百派千支列满墙。

（原载于《齐鲁百年诗词选》，齐鲁书社 2011 年 2 月出版）

李予昂

李予昂（1901—1985），山西平遥人。曾任财政部国家税务总局局长兼党委书记，全国烟酒专卖总公司总经理，财政部部长助理，中央财经大学校长，中共山东省委常委、副省长、省人大常委会副主任，山东历山诗社社长等职。第八次全国代表大会代表、中共八大代表。著有诗集《拾贝集》。

赞李清照辛稼轩两祠

历下词宗属李辛，婉约豪放倍精神。
美芹论略河山策，漱玉吟来金石音。
柳絮泉清照叠翠，明湖水碧驻行云。
黄花未瘦诗怀壮，好句千秋诵到今。

大明湖菊展

泉城好个秋，湖水更静幽。
黄菊傲霜日，晚节香自遒。
手妙玲珑透，景似造化俦。
游兴人如织，归献为国谋。

（原载于《齐鲁百年诗词选》，齐鲁书社2011年2月出版）

刘钊民

刘钊民（1937— ），山东昌邑人，教师。山东语言学会会员，济南明湖诗词学会会员。

摊破浣溪沙·剪子巷

石板路边刀剪楼，清渠一曲过街流。古市板桥交汇处，北行舟。砧石浣衣槌起落，隔墙趵突四时吼。此情此景疑是画，梦难留。

（原载于《齐鲁百年诗词选》，齐鲁书社2011年2月出版）

高　亨

高　亨（1900—1986），吉林双阳人。1926年毕业于清华大学研究院，曾先后在东北大学、河南大学、武汉大学、西北大学、山东大学任教。主要著作有《韩非子集解补正》、《周易古经通说》、《老子注释》、《诗经新解》等十余部。

水调歌头·读毛主席诗词有感

掌上千秋史，胸中百万兵。眼底六洲风雨，笔下有雷声。唤醒蛰龙飞起，扫灭魔焰魅火，挥剑斩长鲸。春满人间世，日照大旗红。　　抒慷慨，写鏖战，记长征。天章云锦，织出革命之豪情。细检诗坛李杜，词苑苏辛佳什，未有此奇雄。携卷登山唱，流韵壮东风。

（原载于《齐鲁百年诗词选》，齐鲁书社2011年2月出版）

张素梅

张素梅（1940— ），山东寿光人。曾任山东省立医院副主任医师。中华诗词学会会员，明湖诗词学会会员，中国老年书画研究会会员。著有长篇小说《圆梦的殿堂》等。

一剪梅·红叶谷之秋

霜染秋林醉色浓，谷岭层层，丹浪重重。淙淙溪水弄琴声，歌向湖中，鹅戏湖中。　石径幽幽傍竹丛，草底鸣蛩，天际飞鸿。游人络绎步从容，忘返归程，留恋霞红。

（原载于《齐鲁百年诗词选》，齐鲁书社 2011 年 2 月出版）

张国贤

张国贤（1945—　），山东济南人。曾任济南市千佛山小学校长。中华诗词学会会员、山东诗词学会会员、山东老年书画研究会会员、济南市老干部书画研究会会员。

临江仙·济南新植物园游吟

细雨微风送爽，花开滴露生香。如诗、如画镜中镶。岸边摇绿柳，鸟语绕身旁。　清照故里独好，明泉荡涤华章。碧湖秋水共天长。池莲花解语，句句暖心房。

（原载于《齐鲁百年诗词选》，齐鲁书社 2011 年 2 月出版）

孟祥鲁

孟祥鲁（1933—　），江苏连云港人。山东大学中文系教授，山东大学诗词学会会长。著有《中国诗歌声律学》、《唐诗百科大词典》、《宋词鉴赏词典》、《李后主评传》等。

长相思·癸酉人日寄怀三首

一

济水流，河水流，白云千载寄悠悠，齐烟点点浮。
久凝眸，长倚楼，梅花寂寞暗自柔，浅吟作诗囚。

二

济水流，河水流，书剑风尘历九州，魂系木兰舟。
情悠悠，酒满瓯，一晌都忘侣白鸥，绛树转歌喉。

三

济水流，河水流，南北东西作黔娄，惭愧孺子牛。
引歌喉，苦淹留，萧萧白发已满头，人日望高丘。

（原载于《齐鲁百年诗词选》，齐鲁书社 2011 年 2 月出版）

葛庆平

葛庆平（1963.12— ），山东肥城人。中国楹联学会会员，红叶诗社社员，明湖诗词学会会员。著有诗词集《晴空看鸟飞》等。

桃园行

赏罢桃花犹意浓，欣挥醉笔写春风。
情深饱蘸汶河水，诉尽衷肠是赤诚。

过索桥

碧水滔滔雾漫天，江心横锁半空悬。
躬身趋步蹒跚过，当忆红军铁索寒

（以上二首原载于《红叶诗刊》2012 年第 1 期）

婺源行

才别井冈雨涔涔，又见星江水漫痕。
碧野斜阳怡远客，清风灵水洗尘心。
仙人作画天开榜，愚我题诗水抚琴。
踏遍神州何处好？此间景色最销魂。

（原载于 2013 年 6 月 24 日《联合日报》）

魏小宸

魏小宸（1938—　），山东济南人，中华诗词学会会员，山东诗词学会会员，历下区老教育工作者协会《松竹梅诗社》主编。著有《逍遥尘埃吟》等。

如梦令·雾锁清潭

寒气蒸蒸云雾，浒岸嗷声歌住。蓦地浪花飞，六七水凫齐舞。无数，无数，搅得群鱼争渡。

高阳台·谒大灵岩寺

壁立奇峰，苍翠葱郁，半山兰若如烟。盛境灵岩，浮屠雄观层峦。朗公化石空身去，留清泉，鹤舞翩翩。进山门，玉佛金坛，红烛蓝烟。　　经号佛号无遮掩，执香伊蒲塞，合仁心虔。佛法道场，雀鹰度得停旋。跏趺僧众传灯诵，法鼓鸣，回荡蓝天。日西斜，朝佛几时？人散香阑。

（原载于《齐鲁百年诗词选》，齐鲁书社2011年2月出版）

葛继宏

葛继宏（1959— ），祖籍山东邹县，生于济南。师承陈左黄，有书法篆刻和诗歌作品在国内多家报刊发表。

读齐白石《今生今世》有感

一生求艺坎坷路，卖画街头入道初。
衰年变法无所惧，另辟蹊径是坦途。
五出五归访贤士，惊世妙笔草根出。
一代宗师驾鹤去，留得墨香千古殊。

（原载于《诗国》2012 年第 3 期）

孔　林

孔　林（1928. 2—　），山东荣成人。中国作家协会会员，中国诗歌学会理事，文学创作一级。历任报社编辑、记者，《海鸥》文学月刊主编，《山东文学》、《黄河诗报》主编，山东省文联副主席、中国散文诗学会副会长、山东散文诗学会会长、山东省作家协会顾问等。著有《孔林诗选》、《孔林散文诗集》等。

黑虎泉

三只猛虎仰天啸，口吐清凉绕城飘。
涓涓流水蹚石过，歌声笑语跟水跑。
卵石腋下藏鱼虾，顽童戏水争寻找。
身边站着解放阁，往事望着今朝笑。

珍珠泉

水底吐珠珠成串，结伴水草浮水面。
谁想伸手捞一颗，它又来个急转弯。
天与池水两面镜，水泡跟星轮流转。
碧波绿草舞银珠，天空哪有它灿烂。

白云泉

轻松翠竹好悠闲，芳草如茵满庭院。
清泉一杯香槟酒，静等白云来赴宴。

沧　泉

明代诗人李攀龙，在此苦读送月行。
夜深星困诗散步，秋菊冬梅相伴影。
红梅侧耳专心听，寸寸光阴播诗韵。
月静水静心不静，诗在夜路寻意境。

（原载于《山东文学》2013 年第 1 期）

李长三

李长三（1967— ），山东济阳人。《济阳日报》总编辑。著有散文诗词集《砚雨无声》、《边外红尘》等。

望江南·知音曲

溪雨断，帘外觅残红。槛外杨花八九点，苑中琴瑟三两声。人在有无中。
箫声暗，人去画楼空。离燕不归云闭月，来鸿却别岸柳风。新曲诉谁听。

清平乐·盼归

驿桥柳细，飞燕知人意。相惜此情何处觅，枫叶书成何寄。暮云城上流萤，咫尺归路难行。离梦恰似星火，月缺月圆还生。

（原载于《砚雨无声》，中国戏剧出版社 2008 年出版）

满庭芳·夜雨清秋节

一盏凉茶，三杯淡酒，闺中几多闲愁。堂前芳谢，禅心伴空楼。多少繁华岁月，刹那间，唯有剩酒。清秋节，层云密布，沥沥雨未休。　　思乡愁无限，身在泉州，心在阳州。孤灯照无眠，画笔难勾。今夜嫦娥有泪，寒宫黯，玉兔含羞。凭栏久，疏烟满目，心事亦难收。

（原载于《边外红尘》，中国戏剧出版社 2013 年 6 月出版）

谢玉堂

谢玉堂（1946.2— ），山东栖霞人。历任中共牟平县委书记、山东省农委副主任、济南市市长、中共济南市委书记、山东省副省长、山东省政协副主席等职。第八、九届全国人大代表。著有长篇论著《论大舜》等。

和徐北文教授诗四首

一

昔日五弦响鼓琴，今朝山庄庶民吟。
太平盛世大同乐，南风起兮催鸣禽。

二

历山已无舜耕田，泉城几时无涌泉。
我唤诸公齐努力，迎来百泉洗人寰。

三

泉城娇儿唱《大风》，廿年业绩起玲珑。
五年舜城定变样，换来春色迎旭东。

四

喜看历山多群贤，众志成城驱霾天。
励精图治半世纪，欢庆今朝又丰年。

（原载于2013年9月16日《联合日报》）

李文朝

李文朝（1948—　），山东梁山人。中国作协会员。历任济南军区政治部宣传部副部长、济南陆军学院政治部主任、解放军电视宣传中心主任、中华诗词学会常务副会长（法人代表）、中国作家协会诗歌委员会副主任、《中华诗词》杂志社社长。高级记者，少将军衔，享受国务院政府特殊津贴。著有《李文朝将军诗词选集》、《新闻行知录》、《古韵新风——李文朝作品集》等九部。诗词作品及手稿著作被中国国家图书馆和中国现代文学馆收藏。

灵岩寺宋代彩塑罗汉

罗汉尊身假乱真，黄泥彩塑艺惊人。
风来犹感袈裟动，面对能将肺腑陈。
活现神情争赤耳，光鲜血肉露青筋。
千秋窗外烟云过，注目依然看世尘。

四门塔口占

神通宝寺耀禅林，石塔千秋立四门。
白虎青龙相护卫，祈祥镇祟佑黎民。

李文朝

满江红·凭吊英雄山

肃穆陵园，纷纷雨、清明时节。山俯首、翠松垂泪，纸花含血。纪念碑前思伟业，无名墓侧怀先烈。颂英魂、浩气炳千秋，真雄杰。　　人如海，花似雪；誓言铁，声音咽。举红旗奋进，子孙传接。解放翻身除旧宇，富民兴国开新页。振中华、瞄准最强邦，追超越。

沁园春·军校抒怀

理想星空，意志熔炉，智慧殿堂。看腊山上下，龙腾虎跃；课堂内外，练笔习枪。心系人民，胸怀社稷，壮志成城万里长。期明日，待学成业就，叱咤边疆。　　良才新秀成行。强华夏、倾心育栋梁。赖名师浇灌，根深苗壮；严官教练，将猛兵强。瞄准将来，力夺胜券，网络平台斗智忙。思重任，履国防使命，不辱炎黄。

如梦令·腊山秋景

日丽天高云淡，气爽风柔花艳。秋色胜春光，竞上腊山观看。观看，观看，惊赞漫坡红遍。

大明湖观烟火

火树凌波花飞天，争奇斗艳水云间。
飘飘瀑布腾珠浪，滚滚车轮挂玉环。
金雀银蝶光尾凤，白梅红杏紫罗兰。
人花同笑明湖溢，万众欢歌唱大千。

忆秦娥·马鞍山

情难已，自修高教山林里。山林里，如饥似渴，苦读强记。雄心大业非由己，考期临近风云起。风云起，青春学废，壮年学举。

反腐倡廉醒人生

人欲从来无止休，劳神乏体几多愁。
争完利禄争香女，贪尽金银贪玉楼。
福海常能流祸水，心河亦可覆行舟。
当权执政民为本，克己奉公消隐忧。

李文朝

清平乐·闲暇小景

闲暇散淡，邻舍来庭院。里短家长多笑侃，再逗孙姣①一段。楼前洒满阳光，和风时送清香。各自收拾寸地，种花种草真忙。

（原载于《李文朝诗词诗论选》，中华书局2013年12月出版）

---

① 孙姣：邻居孙大嫂养一爱犬，乖巧可爱，被唤作“孙姣”，邻友常逗它作些滑稽表演，令人捧腹。

后 记

这部《济南文学大系》，是在中共济南市委有关领导同志的关心支持下完成的，是济南作家和文学艺术工作者献给共和国六十五华诞的一份厚礼。

济南是历史文化名城，数千年来涌现了众多卓有成就的文学大家和丰富精美的文学作品，新中国成立特别是改革开放以来，济南的文学事业更是有了长足进步。但由于年代久远、作品繁多、分散零落等原因，给阅读和传承造成了诸多不便。近年虽经多方努力，却至今没有形成一套能够选精拔粹、一览古今的大型文学丛书。这在相当程度上限制了济南文学的传承和影响。因此，编选一套能够为济南文学的传承和繁荣做出实实在在贡献的济南文学大系，便成了我们共同的心愿。而此前，在时任中共济南市委副书记、济南市市长谢玉堂和中共济南市委常委、宣传部长谭延伟等同志的支持下，我们先后编选出版了八卷本的《济南市五十年文学作品选》、两卷本的《济南作家论》，编印了近二百万字的"美丽泉城文学作品研讨会推荐作品"。这为《济南文学大系》的编选奠定了基础。

《济南文学大系》收录的是历代济南作家（济南本地作家和行政关系隶属于济南的作家）创作的优秀作品，历代济南籍作家创作的优秀作品（以写济南的为主），以及历代外地作家创作的与济南有关的优秀作品。全书共十卷，其中古代三卷，现代一卷，当代六卷，囊括了诗歌、散文、小说、报告文学、影视文学和戏剧文学等六大门类。当代作品中小说成果最丰，故独占两卷；报告文学和影视文学佳作较少，则合而为一；文学评论因有《济南作家论》出版在先，故阙如。入选作品，均为在国家正式报刊发表或出版社出版过的作品。编选中我们遵循优中选优，传递正能量和鼓励多样性、丰富性的原则，在确保作品质量和重点作家作品入选的前提下，特别强调兼顾不同历史时期和地域性、群众性。在篇目排列上，大抵以发表或出版的时间为序，同一题材、同一作者有多部（篇、首）作品收入的，以第一部（篇、首）发表或出版的时间为序。长篇小说和多集电视剧本，采用了内容简介加选录少量章节的办法。除个别作品略有删节外，其他均尊重原作及所依据的版本，仅是根据第6版《现代汉语词典》规范了个别字句。为了方便阅读，在古代卷中添加了少量注释。

《济南文学大系》的编选工作自2013年6月初启动，在一年多的时间里，编委会全体同仁和各分卷主编，秉持对历史和济南文学事业负责的精神，在广泛征集和深入发掘作品的基础上，反复研究，多次调整，做了大量艰苦细致的工作。作为当代文坛的领军人物，贺敬之、张炯先生的参与为《济南文学大系》增添了光彩。济南出版社社长崔刚先生对《济南文学大系》的编选倾注了很大热情，孙凤文总编辑、郭锐主任和有关编辑同志，为丛书的高水平、高质量出版付出了巨大努力。山东文人书画院作为依托单位，承担了编选中的具体事务。《济南文学大系》编选还得到了诸多同仁和朋友的鼓励与支持。在此我们一并致以诚挚的谢意。

“同享泉水幽，共栽泉城柳。《济南文学大系》十卷古今收，珠玑满翠楼。不辞沥心血，寒暑一度秋。马踏祥云春来也，凯旋曲已悠。千年长河添新流，功业复何求？淡淡清风里，把盏话同舟。”马年春节的这首贺词，记述的正是全体编选人员共同的心声。

编选出版《济南文学大系》是一项十分艰巨复杂的工作，加之篇幅有限，编选者水平有限，遗憾和不足之处在所难免，我们恳切期待广大读者的批评和指正。

编选者

2014年9月